SYLVIE I

# Le journal d'Alice

Confidences sous l'érable

DOMINIQUE ET COMPAGNIE

## Lundi 5 avril

Cher journal, plus que trois jours avant de partir pour Ottawa avec Marie-Ève ! Ou plutôt, encore trois jours… Parce que moi, je rêve qu'on est déjà jeudi après-midi, à l'instant où la cloche de l'école sonnera et où on sera en congé. Mais on dirait que le temps prend un malin plaisir à s'écouler au ralenti. En attendant, au moins, je passe mes journées avec ma meilleure amie, assise à côté de moi en classe.

## Mercredi 7 avril

À 19 h 30, j'avais pris ma douche, enfilé mon pyjama et préparé mon sac de voyage. Je connaissais même ma leçon d'anglais pour demain ! Comme je tournais en rond, maman m'a dit :

– Pourquoi n'en profites-tu pas pour ranger le bazar dans ta chambre, Biquette ?

Pas la veille de mon départ, quand même ! Mon « bazar » peut attendre. Il est fidèle ! Pour faire passer le temps, je suis plutôt allée à l'ordi, sur le site de Lola Falbala. Figure-toi, cher journal, que ma chanteuse préférée anime un blogue. Elle raconte qu'elle a quitté son guitariste et qu'elle sort maintenant avec un boxeur américain. Il est très musclé, mais je trouve que son guitariste avait l'air plus sympa. Lola annonce aussi qu'elle prépare un nouvel album ! Avec un nouveau guitariste, forcément. À suivre…

Mon chat Grand-Cœur m'attend patiemment sur mon lit. Je vais me coucher, moi aussi.

## Jeudi 8 avril

7 h 12. D'habitude, lorsque papa vient me réveiller, ça me prend quelques minutes pour sortir de mon sommeil. Mais aujourd'hui, c'est le jour J ! Bondissant sur mon lit, je me suis mise à sauter dessus comme sur un trampoline. **YOUUU ! YOUUU ! YOUUU !**

## Lundi 12 avril

19 h 03. Salut, fidèle journal ! Me revoilà ! Je brûle d'impatience de te raconter mon voyage à Ottawa. Donc, jeudi dernier, la mère de Marie-Ève est venue nous chercher à l'école. Elle était très élégante. Nous sommes d'abord passées chez moi prendre mes affaires avant de nous diriger vers l'autoroute. On avait rendez-vous à 18 h avec le père de Marie-Ève, dans le petit centre commercial de Saint-Machin-Chose. Tout à coup, mon amie a dit :

– On y est !

Sur le bord de la route, une enseigne lumineuse annonçait un centre commercial. Madame Poirier s'est stationnée devant le casse-croûte *Chez Linda.* Comme on avait quelques minutes d'avance, elle nous a proposé d'attendre au petit resto. Elle a bu un café et Marie-Ève et moi un Citrobulles. À 18 h 15, le père de ma copine n'était toujours pas là. Sa mère regardait sans cesse sa montre. Elle a tenté à trois reprises de joindre son ex-conjoint sur son cell. Mais, chaque fois, elle tombait sur le répondeur. Marie-Ève lui a dit :
– Vas-y ! Ce serait trop bête de rater ton rendez-vous. Alice et moi, on attendra papa ici.

Madame Poirier a fini par se laisser convaincre. Elle a payé les consommations, nous a embrassées et est sortie. Elle nous a fait un dernier signe de la main avant de monter dans son auto.
– Ta mère repart travailler ? ai-je demandé à Marie-Ève.
– Le jeudi, d'habitude, elle a des clientes en soirée, mais pas aujourd'hui. Elle a terminé plus tôt cet après-midi, pour venir nous conduire. Et ce soir, figure-toi qu'elle a rendez-vous avec un homme au cinéma !
– Elle a un nouvel amoureux ? !
– Il semble que oui. Elle l'a rencontré il y a deux semaines, lorsque j'étais chez mon père. Elle ne m'en a parlé qu'hier.
– Et toi, comment prends-tu ça ?
– Oh, je suis contente pour elle, mais…
Mon amie a poussé un long soupir avant de poursuivre :
– J'ai peur que ça complique encore ma vie…
D'un trait, elle a vidé le restant de son Citrobulles.

Marie-Ève a collé son nez contre la vitre embuée.
– La voiture de mon père n'est pas encore là, a-t-elle déclaré. En attendant, Alice, si on allait chercher des friandises au dépanneur ? Maman m'a donné de l'argent.

La serveuse nous a laissées déposer nos bagages sous le portemanteau. Dehors, le soleil se couchait. On a marché jusqu'à l'autre bout du petit centre commercial. Mon amie a choisi des caramels roses. Moi, j'ai hésité entre un chocolat à la menthe et des gommes à la cannelle.
– Prends les deux ! a proposé Marie-Ève. J'ai assez de sous.

En sortant du commerce, on a aperçu un labrador noir attaché à un poteau. Il nous regardait en remuant la queue, content de nous voir. Mon cœur a fondu. Je me suis approchée prudemment, puis je l'ai caressé. Un camion s'est stationné devant nous et le conducteur en est descendu. Après avoir claqué la portière, il s'est éloigné. Comme le chien semblait apprécier notre compagnie, on lui a parlé tout en savourant nos friandises. C'est exactement un animal comme lui que je voudrais ! (En plus de mon chat, bien sûr !) Papa se laisserait convaincre, j'en suis certaine. Mais maman a déjà dit qu'il était hors de question qu'on ait un chien.

J'ai jeté un coup d'œil à ma montre : 18 h 57 ! On a couru jusqu'au casse-croûte *Chez Linda*. Dans le stationnement, il y avait un camion, une fourgonnette et une petite auto vert vif. Mais pas de Ford Mustang blanche. Par la porte vitrée, on a jeté un coup d'œil à l'intérieur du resto. Le père de mon amie n'y était pas. Plutôt inquiétant! J'aurais voulu entrer pour l'attendre bien au chaud, mais Marie-Ève préférait rejoindre le labrador. Selon elle, le temps allait passer plus vite ainsi. De plus, elle avait semé un doute dans mon esprit en disant que quelqu'un avait peut-être abandonné volontairement ce chien... Il fallait en avoir le cœur net. On est donc retournées auprès de lui.

Un jeune est ensuite arrivé. Il avait un piercing à la lèvre, des cheveux noirs dressés en crête au sommet de son crâne et rasés sur les côtés. Son blouson était orné d'une tête de mort qui ricanait. Sans même nous regarder, il a détaché le chien. Il lui a lancé:
– *Let's go,* Rocky!

Le labrador a agité la queue et les deux ont disparu dans la nuit. Le camionneur est remonté dans son véhicule. Il a fait ronronner le moteur et est parti, lui aussi.

Je grelottais de froid. Il faut dire que je portais mon blouson en jeans. On n'était pas censées être dehors, ce soir...
– On devrait attendre au restaurant, ai-je dit à Marie-Ève.
– J'ai faim! Allons d'abord acheter des chips.
– Écoute, on va commencer par vérifier si ton père est arrivé. Sinon, on retournera vite au dépanneur.

En effet, il était déjà 19 h 24. Je commençais à avoir peur que monsieur Letendre ne vienne jamais. Que ferait-on, toutes seules, dans ce centre commercial du bout du monde? Sans compter que le petit resto n'allait pas rester ouvert toute la nuit. Quelle déception ce serait de devoir retourner à Montréal ! Et moi qui m'étais fait une telle joie à l'idée de ce séjour à Ottawa...

Une fois de plus, on a regardé à l'intérieur du restaurant.
– Il n'est pas là, a constaté Marie-Ève. Bizarre. J'espère qu'il n'a pas eu un accident !
– Rentrons. Je vais demander à la serveuse si elle l'a vu.

Mon amie s'est énervée.
– Si je te dis que mon père ne se trouve pas dans le restaurant ! Comment veux-tu qu'il y soit, d'ailleurs ?! Sa voiture N'EST PAS dans le stationnement !
– D'accord, mais j'y vais tout de même, ai-je déclaré d'un air déterminé (même si au fond de moi, je sentais mon courage m'abandonner). J'ai trop froid pour rester à l'extérieur.

20 h 58. Papa vient de m'interrompre.
– Tu te prépares à aller au lit, ma puce ?

J'ai protesté.
– Je suis en congé ! Laisse-moi encore une demi-heure, s'il te plaît.

Bref, je continue mon récit. Donc, dans le resto, il faisait chaud et ça sentait bon le café. Deux clients étaient attablés près de la fenêtre. Je me suis approchée du comptoir. La serveuse, pas celle de tout à l'heure mais une autre, plus jeune, essuyait des verres. Elle me tournait le dos.

Je l'ai appelée :
– Hum, madame ! Mon amie et moi, on attend son père. Vous n'avez pas vu un grand...

Sans me laisser terminer ma phrase, la serveuse s'est tournée vers moi et m'a dévisagée comme si j'étais une extraterrestre. Puis, en apercevant Marie-Ève debout près de la porte, elle s'est écriée :

– Les petites filles du monsieur !

Petites ! Non mais, elle nous prenait pour qui ?! Comme une flèche, elle s'est précipitée au fond du restaurant en criant :

– Monsieur, monsieur !!!

J'ai pensé qu'elle était devenue folle. C'est alors que le père de Marie-Ève a surgi du couloir qui menait aux toilettes !

Mon amie s'est précipitée dans ses bras.

– D'où sortez-vous, les filles ?! s'est exclamé monsieur Letendre. Je vous cherche depuis une heure ! J'ai essayé de joindre ta mère, Marie-Ève, mais je suis tombée sur le répondeur. J'ai bien vu ta valise et le sac d'Alice, mais aucune trace de vous deux ! On aurait dit que vous vous étiez volatilisées ! La serveuse, qui venait d'entrer en poste, ne savait pas où vous étiez. Quant à l'autre serveuse, elle était déjà partie. J'étais terriblement inquiet ! Je m'apprêtais à appeler la police.

Marie-Ève s'est lancée dans les explications :

– On t'a attendu jusqu'à 18 h 20. Ensuite, on est allées au dépanneur. On est revenues voir si tu étais arrivé, mais ta Ford Mustang n'était pas là.

– Oh, ma voiture… C'est à cause d'elle ! s'est exclamé monsieur Letendre.

– Comment ça, papa ?
– Elle est tombée en panne cet après-midi. La dépanneuse l'a remorquée jusqu'au garage. Comme je devais venir vous chercher, le garagiste m'a prêté une Ford Fiesta et…

Je l'ai interrompu :
– Une auto verte ?
– Oui.
– Celle-là, on l'a vue dans le stationnement !
– J'ai oublié mon téléphone dans la boîte à gants de ma voiture en réparation, a poursuivi le père de Marie-Ève. Pour couronner le tout, l'horloge de la Ford Fiesta n'était pas à l'heure. Quand je suis arrivé, elle indiquait 17 h 55. Mais en réalité, il était 18 h 25. Vous avez dû repasser devant le casse-croûte pendant que j'utilisais le téléphone public du resto pour appeler Stéph (Stéphanie, la mère de Marie-Ève). Et juste après, j'ai fait deux fois le tour du centre commercial sans vous voir. Je suis désolé, les filles !
– On a flatté un chien près du dépanneur, a raconté Marie-Ève. Si tu ne nous as pas aperçues, c'est parce qu'un camion était stationné devant nous. Il devait nous cacher.

Tout s'éclairait. L'essentiel c'était d'avoir retrouvé monsieur Letendre ! Comme on mourait tous les trois de faim, on s'est installés à une table. On a commandé des hamburgers à la serveuse (qui semblait presque aussi soulagée que nous).

21 h 32. Pas moyen d'avoir la paix ! Cette fois, c'est maman qui a débarqué dans ma chambre. Sans frapper, évidemment… Même si je n'ai pas sommeil, il faut bien me

coucher. Ou, du moins, faire semblant. Elle m'a embrassée et a éteint la lumière. Grand-Cœur est venu me retrouver. Il s'est mis à pianoter sur le coin de mon oreiller.

– Viens, mon bon chat, ai-je chuchoté.

Après avoir caressé sa fourrure soyeuse, j'ai allumé ma lampe de chevet. Je me suis relevée pour aller chercher mon cahier mauve et mon crayon sur le bureau. Me voilà assise dans mon lit, bien callée contre mon oreiller, avec mon cahier sur les genoux.

Donc, après avoir dévoré nos hamburgers, on est partis pour Ottawa. En arrivant en ville, Marie-Ève a demandé à son père de s'arrêter au dépanneur pour acheter des Crocolatos. « Oh, non ! ai-je pensé. Ça ne va pas recommencer… » J'aurais dû lui en parler avant ! J'ai développé un VÉ-RI-TA-BLE dégoût envers mes ex-céréales préférées. Mais là, il était trop tard. J'espérais qu'on ne vende pas cette marque à Ottawa. Malchance ! À peine entrée dans le dépanneur, mon amie a brandi comme un trophée une boîte montrant un crocodile qui ouvre grand sa gueule pour attraper des étoiles chocolatées. C'est alors que j'ai décidé de ne rien lui dire et de faire un ultime effort. Chaque matin, j'avalais donc un mini-bol de Crocolatos sans rechigner. Ainsi, j'aidais Marie-Ève à réunir les 40 points Star nécessaires pour obtenir son tee-shirt de Lola Falbala. L'amitié, cher journal, c'est SACRÉ !

L'appart du père de Marie-Ève est petit. J'ai dormi avec mon amie sur le futon du salon. On a passé quatre journées merveilleuses ! Vendredi, monsieur Letendre nous a montré la colline parlementaire où siège le gouvernement du Canada. Dans le parc, on a visité le sanctuaire des chats errants du Parlement. Il y en avait un au pelage noir qui ressemblait à Grand-Cœur. On a parlé au vieux monsieur qui s'occupe d'eux. Ensuite, on est allés jouer au bowling. Même si je ne suis pas plus douée aux quilles qu'au basketball et qu'au volleyball, on s'est bien amusés. Samedi, c'était TROP GÉNIAL : balade à vélo le long du canal Rideau et soirée cinéma. Hier, on s'est rendus à pied au Musée canadien des civilisations, par le pont qui enjambe la rivière des Outaouais. Quel beau musée ! J'ai été impressionnée par les gigantesques totems amérindiens.

Après le souper, on a fouiné sur le site de Lola Falbala. On a dévoré son blogue, bien sûr. Et en attendant de découvrir son deuxième disque qui sortira cet été, on a chanté les chansons de l'album *Sweet angel* en karaoké. C'était tellement cool ! Ce soir-là, pendant qu'on papotait, monsieur Letendre s'est mis à jouer du saxophone dans la pièce d'à côté. Ça m'a rappelé le temps où il habitait encore à Laval, avec sa femme et sa fille.

Bon, les marches de l'escalier craquent. Mes parents montent se coucher. J'éteins ma lampe de chevet pour qu'ils n'aperçoivent pas de lumière sous la porte (hé, hé, hé...). Trente secondes plus tard, la porte de leur chambre se referme. Moi, je rallume et je continue.

Donc, cet après-midi, sur le chemin du retour, monsieur Letendre nous a demandé de ne pas raconter notre mésaventure de jeudi soir ni à la mère de Marie-Ève ni à mes parents. En effet, il avait peur que son ex-conjointe ne prenne ce malheureux concours de circonstances pour de la négligence de sa part. Et, du coup, qu'elle demande au tribunal de lui retirer la garde de sa fille. Et ça, il n'en est pas question ! Alors, on a promis.

– En plus, a ajouté Marie-Ève pour rassurer son père, maman risquerait de s'en vouloir terriblement de nous avoir laissées seules au lieu d'avoir attendu que tu arrives. Et les parents d'Alice ne voudraient peut-être plus jamais la laisser partir pour Ottawa ! Tu as raison, papa. Comme tout s'est bien terminé, il vaut mieux que ça reste entre nous.

Madame Poirier est arrivée en même temps que nous à l'endroit prévu, devant le casse-croûte *Chez Linda*. Cinq minutes plus tard, on est reparties avec elle vers Montréal. Dans l'auto, on lui a raconté notre séjour à Ottawa. Ensuite, Marie-Ève lui a demandé :

– À propos, maman, tu es arrivée à temps à ton rendez-vous, jeudi ? Tu as passé la soirée avec Anthony ? (Son nouveau chum.)

– Oui, oui, et nous avons vu un très bon film.

Changeant de sujet, elle a déclaré :

– Dans trois jours, tu auras 11 ans, ma chérie ! As-tu déjà pensé à ce que tu aimerais faire ?

– Oui, j'en ai discuté avec Alice. Comme d'habitude, j'inviterai mes amies, mais, cette fois, je voudrais organiser

un party pyjama.
– Samedi soir ?
– Oui, jusqu'à dimanche matin.
– Et vous serez combien ?

Marie-Ève a compté sur ses doigts.

– Jade, Audrey, Africa et les deux Catherine. Plus Alice et moi, ça fait sept.
– D'accord, a déclaré madame Poirier.
– YÉÉÉÉÉ ! ! ! avons-nous crié toutes les deux.

Eh oui, cher journal. Ma meilleure amie est née un 15, comme moi ! Elle, le 15 avril et moi le 15 août.

Quand j'ai sonné chez moi, en fin d'après-midi, Caroline a ouvert la porte. Elle a sauté à mon cou, puis à celui de Marie-Ève.

– On vient de revenir de Covey Hill (chez les grands-parents). On a rapporté plein d'œufs de Pâques en chocolat ! Il y en a pour toi, Alice. Et, tu sais quoi ?
– Euh ! non…
– Aujourd'hui, j'ai 7 ans et 336 jours !
– Ah bon… Et alors ? !
– Ça veut dire que dans un mois exactement, j'aurai 8 ans.

Ah, ma sœur… Toujours aussi BING ! BANG ! BOUM ! Mais je l'aime comme ça.

– Miaou…

Grand-Cœur est venu m'accueillir à sa façon, en s'enroulant autour de mes chevilles. Mon bon pacha de chat ! Quel plaisir de le retrouver ! Je l'ai gratouillé derrière les oreilles en lui murmurant des mots doux. Au lieu de ronronner comme d'habitude, il s'est mis à haleter comme un chien qui a chaud. Mon amie l'a pris dans ses bras. Elle a toujours aimé Grand-Cœur.

Maman est arrivée avec Zoé, notre bébé de presque 7 mois. Marie-Ève et sa mère l'ont trouvée adorable, et fort changée depuis la dernière fois.
– Mais elle a toujours son fin duvet blond, a constaté mon amie en caressant le crâne de ma petite sœur. C'est tellement doux !
– Tu as raison. La pauvre, j'ai peur qu'elle ait des cheveux aussi maigrichons que les miens, plus tard...
– Tu exagères, Alice ! Ils sont bien, tes cheveux. Surtout depuis que Cindy te les coupe.
– Bon, nous, on doit y aller, a décrété madame Poirier.

Marie-Ève a déposé mon chat par terre, puis on est tombées dans les bras l'une de l'autre en faisant OUIIIIIN ! d'une façon comique.
– Allez, les filles, a dit ma mère. Je comprends Stéphanie. Elle a fait une longue route pour aller vous chercher, et demain, il y a école.
– Merci, ai-je dit à Stéphanie Poirier. Et merci à toi, Marie-Ève, de m'avoir invitée. C'était vraiment génial !
– Il faudra que tu reviennes à Ottawa, a-t-elle lancé en descendant les marches. À demain !

# Mardi 13 avril

En bref, les nouvelles de ma journée d'école :

Gigi Foster a des BROCHES !!! Elle postillonne tellement en parlant qu'Eduardo s'est exclamé :

– Hey Gigi, j'ai déjà pris ma douche, ce matin !

Et il a fait semblant de s'essuyer le visage. Éléonore (que Marie-Ève surnomme Miss Parfaite) était dégoûtée ! Et moi alors ! GG Foster (ou plutôt JJ Foster, parce que ça se lit « gigi » plutôt que « gégé », bref, je me comprends), donc, JJ Foster est la troisième de la classe qui doit porter des broches pour redresser ses dents, comme Catherine Frontenac et Bohumil. Pourvu que j'échappe à cette calamité !

Patrick s'est fait faire des mèches blondes et met du gel pour redresser ses cheveux.

Monsieur Gauthier, notre enseignant de 5e B, a passé le congé de Pâques en Gaspésie. Il a rapporté de nouveaux galets à nous distribuer en guise de récompenses.

Ah, j'allais oublier une dernière nouvelle qui, elle, concerne la rue Isidore-Bottine. Nous avons de nouveaux voisins. En effet, la maison d'à côté (le no 40) était vide depuis l'été dernier. Elle a été récemment vendue. Maman m'a dit que les nouveaux propriétaires ont aménagé aujourd'hui.

– Tu les as vus ? lui ai-je demandé.

– Non, pas eux, seulement les déménageurs.

Bref, je suis curieuse. Qui va habiter à côté de chez nous, cher journal ?

## Mercredi 14 avril

16 h 45. J'étudiais ma leçon sur le fleuve Saint-Laurent lorsque Grand-Cœur, qui était couché sur mon lit, s'est mis à haleter en sortant la langue, comme il l'avait fait lundi. Je me suis approchée de lui.

– Tu as chaud ? lui ai-je demandé.

Pourtant, aujourd'hui, le temps était plutôt frisquet. Peut-être avait-il soif, tout simplement ? Je lui ai apporté un peu d'eau fraîche dans son bol, mais il n'en voulait pas. Je suis descendue voir maman. Elle écrasait une banane pour la collation de Zoé. Je lui ai expliqué ce qui me préoccupait.

– On devrait en parler au vétérinaire, ai-je conclu.

– Je ne pense pas que ce soit nécessaire. Ton chat a chaud, c'est tout. Avec une fourrure comme la sienne, j'aurais chaud, moi aussi !

– Moumou, Grand-Cœur n'a jamais fait ça, avant. Même lors de la canicule de l'été dernier. Et il devient de plus en plus paresseux. On dirait que ses vitamines ne font plus d'effet. Tout à l'heure, il dormait sur mon lit. Il a ouvert une paupière quand je l'ai caressé, puis il s'est rendormi. Ce n'est pas normal, ça ! Il faut prendre rendez-vous chez le vétérinaire.

– D'accord, je le ferai, a dit maman.

Même si on va fêter Marie-Ève samedi, c'est demain, son anniversaire. Ce soir, après avoir étudié ma leçon d'anglais avec papa, j'ai dessiné une carte. C'est sûr que je n'ai pas les talents artistiques de Catherine Frontenac, mais j'ai fait de mon mieux. J'ai écrit : *Bonne fête, Marie-Ève !* au milieu de la carte et je l'ai entouré de plein de 11 de toutes les couleurs.

## Jeudi 15 avril

Je suis arrivée tôt dans la cour d'école. En attendant ma meilleure amie sous l'érable, je me suis mise à frissonner dans mon blouson en jeans. Décidément, il faisait vraiment froid, cette semaine. Le ciel était tout gris et on aurait dit qu'il allait pleuvoir.

Dès que Marie-Ève est arrivée, je lui ai sauté au cou.

– Bon anniversaire !

Je lui ai tendu ma carte.

– Merci, Alice ! Comme c'est gentil !

Les yeux brillants, elle a ajouté :

– Tu ne devineras jamais ce que ma mère m'a offert, ce matin !

De son sac d'école, elle a sorti une grande trousse argentée et scintillante. En bas à gauche, le nom *Lola* était brodé en rose fuchsia. Mon amie a ouvert sa trousse. Sur fond de satin (fuchsia), il y avait :

♥ 1 crayon à paupières violet foncé

♥ 4 fards à paupières assortis

- ♥ 1 mascara noir
- ♥ 2 brillants à lèvres : 1 rose nacré et 1 rose flash
- ♥ 4 mini-vernis à ongles : 1 argenté, 1 bleu à paillettes, 1 fuchsia et 1 jaune vif

WOW !

Marie-Ève s'est écriée :
– Tu te rends compte, Alice ! C'est la trousse de maquillage de Lola Falbala ! En rentrant d'Ottawa, l'autre jour, j'ai vu une pub à la télé montrant cette trousse et la nouvelle eau de toilette. Maman a couru trois magasins pour la trouver !

Après la période d'anglais, la cloche a sonné l'heure de la récré. Se penchant vers moi, Marie-Ève a chuchoté :
– Avec le temps qu'il fait, ça ne me tente vraiment pas de sortir. Si on allait plutôt se maquiller devant le miroir des toilettes ?
– Ce serait cool ! ai-je répondu. Mais il faudra faire attention de ne pas se faire prendre !
– Qu'est-ce que vous complotez encore, toutes les deux ?
J'ai sursauté ! Gigi Foster se tenait derrière nous. Mais visiblement, mon ennemie publique n° 1 n'avait entendu que cette dernière phrase. Je me suis donc rendue aux toilettes avec Marie-Ève, Audrey et les deux Catherine. Plusieurs filles s'y trouvaient déjà. Cinq minutes plus tard, lorsque la pièce et le couloir sont redevenus silencieux, Marie-Ève et moi, on est sorties de notre cabinet de toilette respectif. On sait qu'il est interdit aux élèves de rester à

l'intérieur pendant la récré. Sauf qu'aujourd'hui n'était pas une journée comme les autres ! Comme c'était excitant d'explorer ensemble la superbe trousse de maquillage de Marie-Ève !

On s'est installées chacune devant un miroir. J'étais en train de tracer un trait de crayon sous mon œil quand le TIC-TIC-TIC-TIC-TIC... caractéristique des talons aiguilles de madame Fattal nous a fait dresser l'oreille.

– Cruella ! ! ! a murmuré Marie-Ève en refermant précipitamment sa trousse.

Horreur absolue ! Si la prof d'anglais nous surprenait en train de nous maquiller alors qu'on n'avait même pas le droit de se trouver là, elle piquerait une de ces crises ! Elle verrait une occasion en or de nous punir, Marie-Ève et moi. Sans compter qu'elle risquait de confisquer la trousse de maquillage flambant neuve. Sauve qui peut ! Il n'y avait pas une seconde à perdre !

TIC

les talons aiguilles de Cruella

TIC TIC TIC TIC

On a bondi toutes les deux vers le cabinet du fond. Marie-Ève a fermé le verrou. Moi, je tenais encore le crayon pour les yeux à la main. Soudain, j'ai réalisé que Cruella risquait d'apercevoir nos quatre souliers sous la porte ! J'ai fait des signes à mon amie pour le lui faire comprendre.

Puis, j'ai fermé le couvercle de la toilette pour y grimper. Il était temps ! Au lieu de s'arrêter au premier cabinet, les pas de Cruella se sont dirigés vers celui du fond ! On aurait dit un droïde qui fonce sur sa victime, bien déterminé à l'éliminer. Comme sur la console de jeux de mon cousin Olivier. Si elle décidait de choisir le dernier cabinet de la rangée, elle s'étonnerait que celui-ci soit verrouillé alors qu'on n'apercevait pas de pieds sous la porte ! ! ! J'étais tellement effrayée que j'ai pensé que mon cœur allait s'arrêter une fois pour toutes et que ma vie finirait lamentablement, à 10 ans et 8 mois, dans les toilettes de l'école des Érables de Montréal.

Cruella est entrée dans le cinquième cabinet, voisin de celui où on s'était réfugiées. Debout sur le siège, Marie-Ève et moi, on se trouvait en équilibre précaire. Je m'appuyais contre le mur et elle, sur la cloison qui séparait notre toilette de celle où se trouvait Cruella. Pas question de bouger. On n'osait presque plus respirer. Brusquement, PSCHOUUUUUUU, le bruit de la chasse d'eau a retenti. Saisie, j'ai lâché le crayon à paupière qui a roulé sous la porte. Catastrophe ! On a entendu Cruella sortir du cabinet…, puis se laver les mains. Grâce au vacarme de la chasse, elle n'avait rien entendu, apparemment. C'était inespéré ! Le TIC-TIC-TIC-TIC-TIC s'est ENFIN éloigné. Ensuite, plus rien. Le silence complet. Marie-Ève a sauté à terre et a ouvert la porte. Je suis descendue à mon tour de mon perchoir. J'ai retrouvé le crayon à paupières sous le radiateur.

On est retournées en classe pour mettre la trousse de maquillage en lieu sûr (dans le sac de Marie-Ève). Quelques instants plus tard, j'ai entrouvert la porte menant à la cour de récré. La surveillante regardait du côté de la rue. On en a profité pour se faufiler en douce. Personne n'a fait attention à nous, même pas Gigi Foster, toujours prête à me dénoncer. Occupée à lancer sa balle dans le panier de basket, elle ne nous a pas vues rejoindre les autres avec dix minutes de retard.

Arrivée sous l'érable, j'ai éclaté de rire.
– Tu devrais te voir ! ai-je lancé à Marie-Ève. Tu n'as pas eu le temps d'appliquer du brillant à lèvres sur ta lèvre inférieure et ça fait vraiment bizarre !
– Et toi, seul ton œil gauche est maquillé…

On a été prises d'un terrible fou rire. On l'avait échappé belle ! La cloche a sonné. Avant de rentrer en classe, on a de nouveau filé aux toilettes, cette fois pour effacer les traces de notre tentative de maquillage. Marie-Ève m'a promis que samedi, on pourrait se faire belles dans des conditions moins périlleuses. J'ai hâte, cher journal. Car les *partys* qu'elle organise sont toujours cool !

Lorsque je suis rentrée de l'école, mon chat dormait sur mon lit. Le vétérinaire ! Ma mère l'avait-elle appelé ? Non, elle avait oublié… Bref, j'ai décidé de m'en occuper moi-même. On a rendez-vous mardi prochain, à 16 h.

Aliiice !

## Vendredi 16 avril

Aliiice !

Après l'école, je venais de m'installer sur le sofa du salon pour relire un des premiers épisodes des *Zarchinuls* (ma BD préférée), quand un cri a retenti à l'étage :

– Aliiice !

Ce n'était pas comme si maman disait : « Alice, peux-tu venir m'aider à plier le linge ? » Non, pas du tout ! C'était plutôt du genre : « Aliiice, une tornade a emporté le toit de la maison ! » ou « Aliiice, viens me délivrer ! Un bandit m'a ligotée sur une chaise ! » Bref, grimpant les escaliers quatre à quatre, j'ai foncé au secours de moumou. Mais où était-elle ?

Aliiice !

– Je suis à la toilette ! a-t-elle crié à travers la porte. Peux-tu m'apporter un livre, s'il te plaît, Biquette ? C'est urgent !

Bon, j'étais rassurée. Mais puisque ma mère a l'habitude de lire sur le trône (comme dit papa), je suis repartie au pas de course. Au salon, pas le moindre bouquin à part *Pichou prend son bain* et *Les animaux de la ferme,* deux albums cartonnés de Zoé. J'aurais bien passé mon album des *Zarchinuls* à moumou, mais elle n'aime pas ça. Dans la cuisine, je suis tombée sur le dernier numéro du magazine d'informatique auquel papa est abonné. Hum, ce n'était pas le genre de maman non plus. Quoi, cette maison qui d'habitude est pleine de livres et de revues s'était soudain transformée en désert ?

– Aliiiiice !
– Oui, oui, j'arrive ! ai-je répondu en soupirant.

Ma mère allait finir par réveiller Zoé qui faisait sa sieste ! Alertée par les cris, Caroline a jailli du sous-sol. Dès qu'elle a compris la situation, elle a saisi le bottin téléphonique sur la petite table de l'entrée et a filé à l'étage.

– Comment ça, vous n'avez rien trouvé de mieux, les filles ? ! nous a reproché maman par l'entrebâillement de la porte.

Quoi, je cours comme une folle pour elle, Caro vient à sa rescousse, et ce n'est pas encore correct... Je suis retournée à ma bande dessinée. La prochaine fois, qu'elle se débrouille seule, Astrid Vermeulen !

Dans mon cerveau, ça a fait TILT. Et si, pour la fête des Mères, je lui offrais un porte-revues à placer à côté de la toilette ? Ainsi, elle aura toujours un roman ou un magazine à portée de main. Enfin, dans l'immédiat, ce n'est pas le cadeau de la fête des Mères qui me préoccupe, mais plutôt le cadeau d'anniversaire de ma meilleure amie. Qu'est-ce qui ferait plaisir à Marie-Ève ? Le nouveau CD des Tonic Boys ? Non, depuis qu'elle a découvert Lola Falbala, elle n'écoute plus beaucoup ce groupe. Et d'ailleurs, si elle le souhaite, elle peut toujours télécharger leurs chansons sur son iPod. Un beau tee-shirt ? Bof. Du maquillage ? Avec sa trousse de Lola Falbala, Marie-Ève n'en manque vraiment pas ! Sans compter que sa mère, esthéticienne, possède un million (ou presque) de produits dans son institut de beauté qui se trouve juste sous l'appart où elles vivent toutes les deux. Bon, cher journal, je demanderai à papa de m'amener au centre commercial demain matin. J'espère y trouver l'inspiration !

18 h 03. TILT ! Une autre idée. Selon ma meilleure amie, Lola Falbala a non seulement sorti une trousse de maquillage, mais elle a aussi signé une eau de toilette. Pour en avoir le cœur net, je suis allée à l'ordi. Sur www.lola-falbala.com, j'ai immédiatement trouvé ce que je cherchais. En effet, comme par magie, un *pop-up* s'est ouvert en haut de la page d'accueil du site. Il présentait *Lolita F,* l'eau de toilette créée par Lola Falbala (enfin, sans doute pas toute seule). La bouteille – une torsade en verre – est superbe. La chanteuse est apparue. Vêtue de son fantastique tee-shirt court, moulant et argenté, elle a vaporisé du parfum sur son cou, à gauche, puis à droite. Ses fins bracelets en argent tintaient. Ses longs cheveux noirs bouclés, soulevés par un vent léger, suivaient le mouvement de sa tête au ralenti. Cette pub a fait place à une autre, pour sa trousse de maquillage, cette fois. Mais bon, j'en avais assez vu. C'est bien cette eau de toilette que je veux offrir à Marie-Ève ! Ça lui fera vraiment plaisir. J'espère juste qu'elle ne soit pas trop chère. S'il le faut, je compléterai la somme que papa voudra ajouter à mon argent de poche.

Deux minutes plus tard. J'ai vérifié et il me reste en tout et pour tout 1,25 $… On verra bien demain.

19 h 55. Papa vient seulement de rentrer du travail. Il avait une réunion avec Sabine Weissmuller (sa chef) pour

préparer son voyage d'affaires. En effet, il part dimanche soir aux États-Unis pour trois jours. Il est désolé, mais il n'aura pas le temps de m'amener au centre commercial. Du coup, j'ai demandé à maman qui a accepté. J'ai hâte à demain, cher journal ! Pour faire passer le temps, je vais relire une BD des *Zarchinuls.*

## Samedi 17 avril

On est parties vers 10 h avec Zoé. Caro, elle, passe la journée chez Jimmy, son amoureux. Dans l'auto, j'ai parlé à ma mère de l'eau de toilette *Lolita F.*

– Une eau de toilette pour une fille de 11 ans ?! Voyons Alice ! Ça n'a aucun sens ! Et en plus, ça doit être cher !

Je l'ai suppliée.

– Moumou, s'il te plaît ! Ce n'est pas pour moi, mais pour ma meilleure amie. Allons au moins voir combien elle coûte. Si tu paies 10 $, c'est assez. Tu me prêteras le reste, et je te rembourserai dès que j'aurai des sous.

– Je ne suis pas d'accord, a déclaré maman.

À court d'arguments, j'ai lancé :

– Sa mère lui a déjà offert la trousse de maquillage de Lola Falbala. Imagine comme Marie-Ève serait contente de recevoir l'eau de toilette !

– Moi, je ne suis pas la mère de Marie-Ève. Et tu commences à me chauffer les oreilles avec votre Lara Flagada !

Je l'ai reprise.

– Pas Lara Flagada, maman ! Lola Falbala.

– Flagada ou Falbala, peu importe. J'ai dit non.
– Mais qu'est-ce que je vais bien pouvoir lui offrir ? ai-je gémi.
– Allons à la librairie. Je suis sûre que tu trouveras un bon roman ou une bande dessinée qui plaira à ton amie.

J'ai protesté :

– Marie-Ève déteste les *Zarchinuls* !

Perdant patience, maman a rétorqué :

– Il n'y a pas que les *Zarchinuls*, que je sache ! Et cesse de te lamenter ! Si c'est trop compliqué, on va rentrer à la maison, et tu resteras avec nous ce soir. Voilà qui réglera la question.

J'aurais dû m'y attendre… Quand il s'agit de choisir un cadeau pour une de mes amies, ma mère veut TOUJOURS acheter un livre. Un documentaire sur les ours polaires, un roman, un livre de recettes pour les jeunes, une BD des Schtroumpfs qu'elle adorait lorsqu'elle avait mon âge, bref, n'importe quoi pourvu que ce soit un livre. Il y a quelques années, alors que toutes les autres invitées offraient une Barbie ou une Bratz, j'arrivais, moi aussi, avec un paquet joliment emballé. Sauf que le mien, il était plat, rectangulaire et contenait quoi ? Je te le donne en mille, cher journal… GRRR. J'aime lire, surtout les bandes dessinées, sauf que des fois, j'aimerais offrir autre chose qu'un bouquin. Marie-Ève est ma meilleure amie, après tout. Et je n'ai plus 6 ans.

J'ai bien été forcée de suivre maman dans la librairie. En la fusillant du regard, j'ai murmuré, pour qu'elle ne m'entende pas :

– T'es pas la mère de Marie-Ève, non, mais sa mère, au moins, elle est cool !

J'ai parcouru les allées en traînant les pieds. Deux minutes plus tard, maman m'a rejointe. Me montrant un bouquin, elle m'a demandé :

– Tu ne penses pas que ça lui plairait ?

Le livre s'appelait *Kenza et la jument mystérieuse.* C'est vrai que Marie-Ève adore les chevaux. Comment n'y ai-je pas pensé plus tôt ? En consultant la couverture arrière, j'ai vu que ce roman était le 1^er^ de la collection *Passion équitation,* qui compte déjà six autres titres. Oubliant que trente secondes plus tôt je boudais, j'ai dit à ma mère :

– Oui, tu as raison, c'est une bonne idée !

J'ai feuilleté le tome 2, *Énigme au ranch.* L'héroïne est toujours cette fameuse Kenza, l'ado à l'air sympa et décidé qu'on voit sur les couvertures. Elle porte une queue de cheval du même blond que la crinière de sa jument.

– Je voudrais aussi lui offrir le 2^e^ de la série. Je le paierai moi-même. Si tu veux bien m'avancer les sous, moumou, je te rembourserai quand j'aurai de l'argent de poche.

Elle était d'accord.

Quand on est sorties de la librairie, maman m'a offert un smoothie. J'ai choisi mangue & fruit de la passion. Elle, elle a siroté son smoothie tofu-carotte-céleri. Ma mère diététiste et son tofu… Je le lui laisse !

En arrivant devant chez nous, j'ai vu deux hommes descendre du perron de la maison d'à côté. Pendant que ma

mère détachait Zoé de son siège d'auto, ils se sont avancés vers nous.
– Bonjour, a dit le grand roux. C'est vous qui habitez au nº 42 ?
– Oui, a répondu maman, en sortant de la voiture avec Zouzou dans les bras.
– Nous sommes vos nouveaux voisins. Je me présente : Michael O'Neill.
– Et moi Pierre Gignac, a dit l'autre, qui est presque chauve. Nous avons aménagé la semaine dernière avec notre chat, Sushi.
– Enchantée ! a répondu ma mère en leur tendant la main. Je m'appelle Astrid Vermeulen et voici Alice et la petite Zoé. Vous aurez bientôt l'occasion de faire connaissance avec leur sœur Caroline, ainsi qu'avec Marc, leur papa.

Bref, nos voisins ont l'air sympa, cher journal. Le grand roux, Michael, doit avoir l'âge de mon père et Pierre semble un peu plus vieux.

À la maison, j'ai soigneusement emballé les deux livres pour Marie-Ève. Puis, j'ai fourré mon sac de couchage, ma trousse de toilette, mon pyjama et mes pantoufles Shrek dans mon sac de voyage. Et voilà, je suis prête à partir chez ma meilleure amie ! (Dans son appart de Laval, cette fois.) À demain, super journal !

## Dimanche 18 avril

Quelle belle fête ! Hier après-midi, en arrivant dans la chambre de Marie-Ève, Catherine Provencher s'est étonnée :

– Tiens, tu n'aimes plus vraiment les Tonic Boys, maintenant ?

En effet, au mur, il ne restait plus qu'une seule affiche du groupe. Mon amie avait remplacé les autres par trois *posters* de Lola Falbala.

– Oui, mais je préfère Lola Falbala, a-t-elle répondu.

– Moi aussi ! a renchéri Audrey.

– Eh bien, moi pas, a rétorqué Catherine Provencher. J'aime trop Tom Thomas !

La mère de Marie-Ève avait pris congé, hier après-midi. Elle nous a invitées dans son institut de beauté et nous a offert gracieusement un soin : maquillage des yeux ou vernissage d'ongles ! Moi, j'ai jeté mon dévolu sur un vernis turquoise, assorti à mon tee-shirt. Mes ongles sont trop beaux comme ça ! Après la pizza et le gâteau, Marie-Ève a déballé ses cadeaux. Elle était enchantée de mes livres. Audrey lui a offert des bombes de bain pétillantes à la fraise. Une effervescente surprise pour son amie qui adore prendre un bain, le soir. Catherine Provencher lui a choisi des boucles d'oreilles en forme de cœur et Africa, une eau de toilette. Pas celle de Lola Falbala mais une autre, qui sentait délicieusement bon la vanille. (Tu vois, Astrid Vermeulen, qu'on n'est pas trop jeune à 11 ans pour aimer se parfumer !) Ensuite, Marie-Ève a sorti un cadre de la boîte que lui a tendue Catherine Frontenac. Elle s'est exclamée :

– WOW ! Ce n'est quand même pas toi qui as fait ça ? !

– Ben oui. On a appris à dessiner au fusain, l'an dernier, au camp du Musée des beaux-arts.

On s'est bousculées pour voir. C'était un cheval dévalant une colline, esquissé à grands traits noirs. Vraiment superbe !

– Merci, les amies ! ! ! a lancé Marie-Ève.

– Hey, la distribution n'est pas finie, a déclaré Jade en lui tendant deux minuscules paquets.

Chacun contenait un petit cheval en bois peint de couleurs éclatantes.

– Comme c'est beau ! a dit Marie-Ève.Tu as rapporté ça du Mexique ?

– Oui, a répondu Jade, qui a passé la semaine de la relâche là-bas avec sa sœur et ses parents. On a visité un village d'artisans. On a d'ailleurs pris des photos. Si vous voulez, je peux vous les montrer. Je les ai stockées sur ma clé USB.

– Allons voir ça à l'ordi, a dit Marie-Ève.

C'est vrai que c'est mignon, tous ces animaux en bois peint ! Cependant, ce qui m'a encore plus frappée, c'étaient les photos de la plage. La mer turquoise, le sable, les palmiers, les hamacs... Vraiment paradisiaque, là-bas !

Ensuite, on s'est attaquées à la pignata suspendue au milieu du salon. En forme de Lola Falbala qui chante au micro ! Avec le manche d'un balai, on a tapé deux coups chacune à tour de rôle, sans résultat. On a redoublé d'ardeur. Aïe ! J'ai reçu un coup sur la main, et Jade a failli se faire décapiter par Catherine Provencher... Mais la pignata, elle, était toujours intacte. On aurait dit qu'elle était en béton armé !

– Dommage que ton père ne soit pas là ! a lancé Audrey à Marie-Ève. Il aurait pu nous aider.

Aïe, ça, ce n'était pas très subtil, comme remarque. J'ai vu que ça faisait quelque chose à mon amie. Puis, haussant les épaules, elle a déclaré :

– On va bien devoir se débrouiller sans lui, les filles. Allez, à mon tour !

Finalement, on a dû appeler sa mère à la rescousse. Après bien des efforts, on a réussi à entamer la pignata. Elle a fini par exploser, sous un dernier coup d'Africa. Une pluie de bonbons, de sucettes multicolores et de pièces de monnaie s'est déversée. On s'est ruées dessus et on a tout ramassé en un temps record.

On a dansé sur la musique de Lola Falbala et des Tonic Boys. Puis, on a installé nos sacs de couchage dans le salon pour dormir. Enfin, dormir, c'est beaucoup dire... À minuit, on était encore en train de papoter et de rire ! Et il était à peine 7 h, ce matin, quand Audrey s'est levée pour aller aux toilettes. Glissant sur un bonbon oublié, elle s'est effondrée sur Catherine Frontenac qui a poussé un de ces hurlements !

Bref, on s'est toutes réveillées en sursaut. Vers 11 h, les autres sont reparties avec leurs parents. Marie-Ève avait demandé que je reste encore un peu. On a même étudié notre anglais ensemble ! (Enfin, cinq minutes.) Ma famille est venue me chercher au milieu de l'après-midi. Tous ensemble, nous sommes allés conduire papa à l'aéroport.

19 h 58. Si je continue à bâiller comme ça, je vais finir par me décrocher la mâchoire. Pour une fois, je me couche en même temps que Caro. Comme ça, j'en profiterai pour faire des câlins à mon pacha de chat. Cher Grand-Cœur, je l'aime tant !

## Lundi 19 avril

Cet après-midi, je n'ai pas attendu ma sœur pour rentrer à la maison. Elle était invitée chez sa copine Jessica pour faire un travail et reviendra avec elle demain, à l'école. Je suis passée au dépanneur pour acheter un chocolat à la menthe. Un pur délice ! comme dirait Catherine Provencher. J'ai grignoté ma friandise carré par carré, pour faire durer le plaisir.

Je me trouvais presque devant chez moi lorsque j'ai vu Grand-Cœur traverser la rue ventre à terre. Il était poursuivi par un siamois ! Mon chat s'est faufilé sous la haie de nos voisins d'en face, suivi par son assaillant. J'ai entendu de terribles miaulements de bagarre et aussi les miaulements de détresse de Grand-Cœur, puis plus rien. Lui qui est si paisible s'était fait attaquer par ce sale matou !

Lançant mon sac d'école sur le perron, j'ai volé à son secours :

– Grand-Cœur, Grand-Cœur ! Viens ici. C'est moi, Alice. N'aie plus peur, je suis là. Viens !

J'ai attendu, puis j'ai recommencé.

– Grand-Cœur, Grand-Cœur, Grand-Cœur, viens ! On va rentrer ! Je te donnerai des croquettes au thon.

J'avais beau le supplier, c'était peine perdue. Derrière la haie, le jardin du n° 41 de la rue était à présent silencieux.

J'ai sonné chez les Nguyen. Il n'y avait personne. À cette heure-là, ils devaient encore être au travail. Les larmes aux yeux, j'ai continué d'appeler mon chat. J'ai même fait le tour du pâté de maisons dans l'espoir de le retrouver.

Un quart d'heure plus tard, je suis revenue bredouille à la maison. Miracle ! Au moment où j'allais refermer la porte, Grand-Cœur s'est faufilé à l'intérieur. Mon cœur n'a fait qu'un bond ! J'avais eu si peur qu'il se soit perdu ! Ou qu'il agonise seul sous une haie !

Le prenant dans mes bras, je l'ai porté sur mon lit. Il avait piteuse mine. En l'examinant, j'ai découvert une entaille à son oreille. Je l'ai aussitôt désinfectée. Ensuite, j'ai doucement brossé sa fourrure noire. Mon chat s'est mis à haleter comme les jours précédents. De l'eau, il n'en voulait pas. Des croquettes au thon, non plus. Pas normal, tout ça. Je voudrais déjà être demain, pour que le vétérinaire l'examine et le soigne.

14 h 09. Cher journal, tout à l'heure, je pensais que je n'aurais pas la force d'écrire aujourd'hui, mais finalement il FAUT que je te confie ce qui s'est passé. Grand-Cœur est mort. Ce matin, j'ai été réveillée par ses halètements. Cette fois, il éprouvait *vraiment* de la difficulté à respirer ! Après avoir allumé la lampe de chevet, je l'ai pris dans mes bras.

Il était tout mou. Quand je l'ai appelé, il a ouvert les yeux. Ils étaient vitreux.

J'ai foncé dans la chambre de mes parents. Maman s'est redressée dans son lit :

– Que se passe-t-il ? Ah, c'est toi, Alice ? Mais quelle heure est-il ? 6 h 11 ? !

– Grand-Cœur va très mal !

Ma mère a soupiré :

– Pour une fois que Zoé dort plus tard... Le chat est malade ? Tu sais qu'on a rendez-vous chez le vétérinaire cet après-midi !

– Grand-Cœur a du mal à respirer ! Tu entends ? Ce n'est pas *après* l'école, mais *tout de suite* qu'il faut l'emmener chez le vétérinaire !

– À cette heure-ci, la clinique est fermée.

– On doit pourtant faire quelque chose ! ! !

Après avoir déposé mon chat sur le sofa du salon, j'ai couru vers le bureau. J'ai ouvert le répertoire téléphonique à la lettre V. La carte de la clinique vétérinaire s'y trouvait. En téléphonant, je suis tombée sur le répondeur. Maman avait raison, la clinique n'ouvrait qu'à 9 h. J'allais raccrocher quand j'ai entendu la suite du message : « En cas d'urgence, veuillez vous adresser à l'hôpital vétérinaire qui est ouvert 24 h/24. » C'était là qu'il fallait aller ! J'ai pris note de l'adresse. Je venais d'en informer ma mère lorsque, venant d'en haut, on a entendu un joyeux gazouillis.

– Zoé est réveillée, a dit maman. Je vais d'abord m'occuper d'elle et ensuite, on va réfléchir.

Dans le salon, mon chat continuait à haleter. On n'avait pas le temps de réfléchir ! J'ai lancé :
– J'appelle madame Baldini !
– Pas à cette heure-ci ! Tu...
Mais moi, j'avais déjà composé son numéro que je connais par cœur.
– *Pronto !* a dit la voix encore ensommeillée de notre voisine.
– Madame Baldini, c'est Alice ! Excusez-moi de vous réveiller.
– Tu ne me déranges jamais ! Que se passe-t-il ?
– Grand-Cœur est très malade. Il faut l'emmener à l'hôpital des animaux, mais papa est en voyage. Pourriez-vous venir vous occuper de Zoé, s'il vous plaît ? Comme ça, maman et moi, on filerait là-bas.
– J'enfile mes vêtements et j'arrive !

Le temps que maman et moi, on s'habille nous aussi, madame Baldini était déjà là. Après m'avoir embrassée, elle a jeté un coup d'œil à Grand-Cœur. Puis, elle a murmuré gentiment :
– Courage !
– Merci, ai-je dit, en luttant de toutes mes forces pour retenir mes larmes.
Je suis sortie, suivie par ma mère.

Quelques minutes plus tard, pendant qu'on roulait, Grand-Cœur a cherché son air péniblement.
– Maman, maman ! ai-je crié.

Hélas, elle était aussi impuissante que moi. Alors, j'ai supplié mon chat :
– Respire, respire ! ! !
Il s'est remis à haleter, mais encore plus rapidement.
– C'est bien, Grand-Cœur ! Continue comme ça ! On va chez le vétérinaire. Il va t'aider. Je te le promets !
Le berçant contre mon cœur qui battait à toute allure, je me suis forcée à respirer profondément et calmement. Peut-être que ça allait aider mon chat.

On s'est stationnées devant l'hôpital vétérinaire. Je me suis précipitée à l'intérieur. En voyant la secrétaire, je lui ai dit :
– Madame, mon chat ne respire presque plus. Il faut l'aider !
Elle nous a conduits dans une salle d'examen où se trouvait un vétérinaire.
– Assieds-toi, m'a-t-il demandé. Je vais examiner ton minou sur toi.
Il a ausculté sa poitrine et a écouté les battements de son cœur avec un stéthoscope. Relevant la tête, il a dit, d'un air désolé :
– Ton chat a un grave problème cardiaque. Il est en train d'agoniser. Je vais devoir abréger ses souffrances à l'aide d'une petite piqûre.
J'ai lancé un cri du cœur :
– Vous... vous ne pouvez vraiment pas le sauver ? !
– Non, malheureusement. Je ne peux faire qu'une seule chose pour lui : l'aider à partir plus en douceur.

– D'accord, a dit maman en posant sa main sur mon épaule.

Tout a été très vite. Le vétérinaire a voulu que je dépose Grand-Cœur sur la table d'examen. Je lui ai demandé si je pouvais placer ma tête contre celle de mon chat pendant qu'il le piquerait. Ça ne posait pas de problème. Alors, je me suis penchée vers mon pacha de chat. D'une voix étranglée par l'émotion, j'ai murmuré :
– Adieu Grand-Cœur, je t'aime !

Le vétérinaire s'est approché avec sa maudite piqûre. J'ai fermé les yeux pour ne rien voir. Contre ma joue, je sentais l'oreille douce et chaude (celle qui n'avait pas été blessée lors du combat avec le chat siamois, hier) de mon chat d'amour. Je lui ai donné un petit bisou sur ses moustaches.

Tout à coup, sa respiration difficile a fait place au silence.
– Voilà, Alice, c'est fini, a dit maman d'une drôle de voix.

J'ai ouvert mes yeux. Les siens étaient brillants de larmes. Mais bizarrement, les miens étaient secs. Comme mon cœur. On dirait qu'il avait été anesthésié.

J'ai regardé Grand-Cœur. On aurait pu croire qu'il dormait paisiblement. Sauf que sa petite langue rose pendait hors de sa gueule.
– Si vous voulez faire incinérer votre minou et conserver ses cendres dans une petite urne, ça vous coûtera 500 $, a dit le vétérinaire.
– 500 $ ! a répété ma mère, sous le choc.

C'était déjà assez que mon chat soit mort, je ne voulais pas, en plus, qu'on le brûle ! Je sentais monter ma colère contre le vétérinaire. Il n'y était pourtant pour rien. Il nous avait reçus tout de suite et avait été d'une grande gentillesse. Sauf que… il n'avait pas réussi à sauver Grand-Cœur comme je l'avais tant espéré.
– Non, ai-je déclaré fermement. Je refuse qu'on l'incinère. Je veux l'enterrer dans notre jardin.
– Normalement, c'est interdit, a dit le vétérinaire.
– S'il vous plaît, monsieur ! l'ai-je supplié. Je voudrais rapporter mon chat avec moi.
– Bon, d'accord.

Il est allé chercher une boîte en carton et y a déposé Grand-Cœur.
– Et voilà, tu peux l'emporter, m'a-t-il dit en me tendant la boîte.
– Je vous dois combien ? a demandé maman.

Au moment où nous allions partir, j'ai posé une question au vétérinaire :
– Hier, mon chat a été attaqué par un siamois du voisinage. Quand il est revenu à la maison, il semblait épuisé et était blessé à l'oreille. Pensez-vous que c'est ça qui l'a tué ?
– Non. C'est évident que cette agression n'a pas dû aider son cœur usé. Cependant, même s'il ne s'était rien passé ce jour-là, ton chat serait mort quand même. Peut-être pas aujourd'hui, mais très bientôt.

J'avais l'impression que pleurer me ferait du bien, mais je n'y arrivais pas. Dans la voiture, maman restait silencieuse.

Et par chance, il n'y avait personne à la maison. Madame Baldini devait être sortie promener Zoé en poussette. J'ai déposé une dernière fois Grand-Cœur sur mon lit. Avec mes crayons-feutres, j'ai dessiné plein de cœurs sur la boîte du vétérinaire. J'ai couvert le fond d'un de mes tee-shirts qui, après d'innombrables lavages, était devenu très doux. Puis, j'y ai déposé mon chat adoré. Je lui ai laissé son collier et sa médaille sur laquelle étaient gravés son nom et notre numéro de téléphone. Ça lui appartenait.

Ensuite, je suis descendue à la cuisine. Mais lorsque j'ai pris la boîte de croquettes pour chats dans le garde-manger, alors là, j'ai craqué. J'ai explosé en sanglots.

Maman a accouru. J'ai vu qu'elle avait les yeux rouges.

– Viens dans mes bras, Alice.

– Plus tard, ai-je réussi à dire en hoquetant. Je veux d'abord enterrer Grand-Cœur.

– D'accord, a-t-elle dit. À propos, j'ai téléphoné à l'école pour les prévenir que tu seras absente aujourd'hui.

– Merci.

Je suis remontée dans ma chambre. J'ai versé le restant des croquettes préférées de Grand-Cœur (celles au thon) à côté de lui. Arrosant mon chat de larmes, j'ai longuement caressé son pelage si doux. Il était froid, maintenant, mais semblait dormir paisiblement. Je lui ai murmuré des mots secrets. Puis, je l'ai bordé avec le chandail de mon pyjama d'hiver (pas celui de Shrek, non, l'autre, le bleu molletonné qui devenait trop petit).

Après avoir refermé la boîte, je l'ai portée au jardin. Je suis allée chercher la bêche.
– Tu as besoin d'aide ? m'a demandé ma mère.
– Non merci. Je peux l'enterrer là ?
– Oui, c'est une bonne idée.

J'ai creusé un trou profond devant la haie. Ce n'était pas facile à cause de toutes les petites racines, mais j'y suis arrivée. Après avoir déposé la lourde boîte, je l'ai recouverte de terre. Avec mon index, j'y ai tracé un grand cœur avec une flèche. À gauche, j'ai écrit un A pour Alice, et à droite GC pour Grand-Cœur.

Par la suite, je me suis lavé les mains, je me suis jetée sur mon lit et j'ai pleuré à chaudes larmes. La sonnette de la porte d'entrée a retenti. J'ai entendu madame Baldini discuter doucement avec maman. Heureusement, personne n'est monté. J'adore notre voisine, mais pour le moment, tout ce dont j'avais besoin, c'était d'être seule. Dehors, les oiseaux chantaient. Ils étaient bien vivants, eux. J'ai fini par m'endormir.

Quand j'ai ouvert les yeux, il était passé 13 h. Grand-Cœur était toujours mort. C'était un cauchemar, oui, mais un cauchemar dont on ne s'éveille pas. Comment était-ce possible ?! Je me suis lavé le visage à l'eau froide avant de descendre dans la cuisine. Cette fois, maman et moi, on s'est serrées très fort. On a pleuré toutes les deux. Elle répétait :
– C'était un bon chat, Alice, c'était vraiment un bon chat.

– C'est vrai, lui ai-je dit à travers mes larmes. C'était le meilleur des chats. (Ça faisait bizarre tout à coup de parler de Grand-Cœur à l'imparfait. Hier encore, il faisait partie de ma vie quotidienne, mais aujourd'hui, BANG, il appartient au passé. Je sens que ça me prendra du temps pour digérer tout ça.)

J'ai bu deux grands verres d'eau. Maman m'a demandé si je voulais manger. Je n'avais pas faim.

– Tu as envie que je te prépare un bon *milk shake* ?

– Oui, mais pas au tofu, ai-je répondu en souriant à travers mes larmes. À la banane, tout simplement.

En remontant dans ma chambre, j'ai VRAIMENT ressenti le besoin de partager tout ça avec toi, cher journal. Maman et Zoé sont parties chercher Caroline à l'école. Vers 16 h 10, le téléphone a sonné. C'était la secrétaire du vétérinaire. Pas celui de l'hôpital d'urgence qui avait administré la piqûre fatale à Grand-Cœur, non, son vétérinaire habituel. On était tellement secouées, ce matin, ma mère et moi, qu'on avait oublié d'annuler le rendez-vous de cet après-midi… Tiens, j'entends Caro qui rentre. Je te laisse, mon bon journal.

16 h 22. Ma sœur était bouleversée, elle aussi.

– Tu aurais dû m'attendre pour l'enterrer, m'a-t-elle reproché à travers ses larmes.

Elle avait raison. Mais moi, tout à l'heure, j'étais mieux seule avec mon chat.

18 h 15. Maman m'a passé le téléphone. C'était Marie-Ève.

– Allô, ai-je dit d'une toute petite voix.

– Salut Alice ! Pourquoi n'étais-tu pas à l'école, aujourd'hui ? Tu es malade ?

– Non, Grand-Cœur est mort.

– C'est pas vrai ? ! Comment c'est arrivé ?

– Écoute, je préférerais te raconter ça demain.

– Bon, je comprends. J'arriverai tôt à l'école, je te le promets. Ma pauvre. Je ne sais pas trop quoi te dire..., mais je suis de tout cœur avec toi.

En revenant dans ma chambre, j'ai jeté un œil sur mon lit par habitude, pour voir si Grand-Cœur y était. Mais non, puisqu'il se trouve au jardin, maintenant. Pour toujours. Je me sens toute mêlée, cher journal. Car d'habitude, quand je suis triste, je me blottis contre mon chat et ça me fait du bien. Aujourd'hui, j'aurais tellement besoin de lui pour me consoler du plus gros chagrin de toute ma vie. Mais il n'est plus là... Bon, je n'en peux plus. À demain.

## Mercredi 21 avril

Hier soir, peu après que je me sois étendue sur mon lit, Caro est entrée sur la pointe des pieds dans la chambre. Elle m'a donné un bisou, puis m'a fourré un truc mou sous la couette. C'était un de ses cochons en peluche.

J'ai murmuré :

– Merci.

Elle s'est couchée. Moi, j'ai serré Nouf-Nouf contre mon cœur. Puis, épuisée par toutes ces émotions, je me suis finalement endormie.

Ce matin, Marie-Ève m'attendait sous l'érable. Et à peine l'avais-je rejointe que nos copines ont accouru. Elles m'ont pressée de questions. Je leur ai raconté mon horrible matinée d'hier.
– C'est tellement triste, a dit Africa, les larmes aux yeux.
– Il était vieux, ton chat ? m'a demandé Jade.
– Ben non, il avait à peine 3 ans.
– Seulement 3 ans ?! s'est exclamée Catherine Frontenac. Si on multiplie par 7, ça correspond à 21 ans pour un humain. C'est l'âge adulte, d'accord, mais c'est très jeune ! Mon minou à moi, il a 14 ans et il est encore en super forme.

Elle avait raison. J'ai senti une bouffée de révolte m'envahir. C'est trop injuste de s'appeler Grand-Cœur et de mourir d'une maladie cardiaque alors qu'on est encore tout jeune !
– Tu devrais aller chercher un chaton à l'animalerie, m'a conseillé Audrey. Ça te consolerait.

Un nouveau chat ? Moi, c'est le mien que j'aime. Pas un autre.

À la récré, comme à l'heure du midi, je ne pouvais pas m'arrêter de parler de Grand-Cœur à ma meilleure amie. Plein de détails me revenaient en tête. Marie-Ève m'a dit :
– Tu sais, Alice, ton chat, il avait un cœur grand comme ça.

Et elle a écarté ses bras.
– Ou plutôt, grand comme *chat* ! a-t-elle répété en souriant.
En riant et en pleurant en même temps, je lui ai répondu :
– Tu as raison. C'était un amour de chat !

Bon, cher journal, voilà que je me remets à pleurer. Je te laisse, sinon mes larmes vont effacer mon texte et faire gondoler les pages de mon cahier.

20 h 03. Papa est rentré ce soir de la Californie. Il n'en revenait pas quand je lui ai raconté ce qui s'était passé. Il était bien triste, lui aussi, et m'a serrée longuement dans ses bras.

– Tu as vraiment réagi avec sang-froid, m'a-t-il dit un peu plus tard. Emmener d'urgence Grand-Cœur à l'hôpital vétérinaire ouvert 24 h/24 était LA chose à faire. Je suis fier de toi, ma puce !
Changeant de sujet, il m'a demandé :
– C'est demain que tu auras un cours d'anglais ?
– Oui, ai-je répondu en levant les yeux au ciel.
– J'espère que tu connais ta leçon ? N'oublie pas, Alice, que tu as des points à rattraper.
– Oh, j'ai étudié…
– C'est bien. On va revoir la matière ensemble. Comme ça, tu seras assurée d'avoir une bonne note si madame Fattal t'interroge. Et tu n'avais pas un travail à remettre cette semaine ?

C'est vrai, j'avais complètement oublié ! Après m'avoir fait réviser les métiers, papa m'a aidée à rédiger mon texte. Il fallait imaginer la suite d'une histoire où une famille sans cœur abandonne son chien sur la route des vacances. C'était déprimant, ça je peux te l'assurer... Je sens que, dès que je serai au lit, mon chat va terriblement me manquer.

## Jeudi 22 avril

Sous la couette, hier soir, mes pieds étaient glacés. Aussi glacés que mon cœur. J'avais tellement l'habitude que mes pieds soient réchauffés par la chaleur rayonnante de Grand-Cœur. Chaque fois que je me calmais, ça ne durait pas, mes sanglots reprenaient de plus belle. Ce n'était pas possible, non !!! Le lendemain, lorsque je me réveillerais, mon chat serait là, à mes pieds, comme d'habitude. J'avais si mal que c'était presque insupportable. Alors, je me suis forcée à penser qu'il était sorti comme il le faisait parfois le soir en été, du temps où il était encore en forme. Quand je dormirais, il rentrerait par la chatière. Il monterait l'escalier sur ses pattes de velours, il se glisserait par la porte entrouverte de ma chambre et sauterait avec souplesse sur mon lit. Sur ma joue, je sentirais le petit coup de langue râpeuse destiné à me rassurer, comme pour me dire : « Je suis de retour, Alice ! » Ensuite, il s'installerait à sa place habituelle, sur mes pieds. Il les piétinerait pendant quelques secondes avant de s'y coucher. Et moi, je me rendormirais.

Mon truc a marché. Mais ce matin, quel choc de réaliser que plus jamais Grand-Cœur ne se coucherait sur mes pieds…

Dans cette semaine si triste, quatre choses ont cependant réussi à me faire sourire :

En arrivant dans la cour de l'école, aujourd'hui, j'ai vu que les bourgeons de l'érable étaient éclos. Qu'il est beau, notre arbre, avec ses mini-feuilles vert tendre !

Marie-Ève a terminé le roman *Kenza et la jument mystérieuse* que je lui ai offert.

– Écoute, Alice, m'a-t-elle dit, c'est tellement bon ! Plus moyen de m'arrêter. Hier soir, ma mère est venue éteindre la lumière. Dès qu'elle a fermé la porte, j'ai rallumé ma lampe de chevet pour finir les trois derniers chapitres. J'ai hâte de me plonger dans le tome 2. Kenza est TROP COOL ! Même si elle vit aux États-Unis, elle a plusieurs points communs avec moi. Elle aussi est fille unique, et ses parents se sont séparés il n'y a pas longtemps. Sans compter notre amour commun pour les chevaux. En plus, j'adore son nom !

Ce prénom me plaît aussi, mais je préfère celui de Marie-Ève. Je n'imagine pas ma meilleure amie s'appeler autrement. En tout cas, je suis bien contente qu'elle apprécie tant mon cadeau.

– Si tu veux, je te prêterai le tome 1, a-t-elle ajouté. Ça te changera les idées.

– D'accord. Merci.

Contrairement à elle, je n'aime pas l'équitation. Mais je suis curieuse de découvrir cette histoire si captivante.

Une nouvelle carrément réjouissante, celle-là : on a échappé à la leçon d'anglais ! À 9 h, au lieu de Cruella, c'est monsieur Rivet qui s'est présenté en classe. Après nous avoir salués, il a annoncé :

– Madame Fattal est absente, aujourd'hui. Monsieur Gauthier, je vous demande donc de rester en classe avec vos élèves.

– Avec grand plaisir ! a dit notre enseignant en nous faisant un large sourire.

Depuis que je suis en 1re année, Cruella n'a JAMAIS raté le moindre de ses cours. Pour une fois qu'elle n'est pas là et que ça tombe un jeudi ! Je me suis pincée pour être sûre que je ne rêvais pas. Mais non. Je n'en REVIENS PAS de notre chance !

Africa a 11 ans, aujourd'hui. Elle a toujours de chouettes petites tresses mais, pour l'occasion, sa mère lui a fait des tresses vraiment spéciales hier soir. Elle a aussi confectionné un superbe gâteau. Du coup, pendant la récré de l'après-midi, on est restés en classe. Monsieur Gauthier a allumé les bougies du gâteau et l'a déposé sur le pupitre de notre copine. On l'a entourée et, l'instant d'après, Jonathan a soufflé les onze petites flammes !

– Voyons, Joey, c'est pas ta fête, aujourd'hui ! a lancé Karim. C'était à Africa à éteindre ses chandelles.
– C'est pas grave, a dit notre amie. On va les rallumer et vous allez tous souffler avec moi. Ohhh… je regrette de ne pas avoir pensé à apporter mon iPod ! J'aurais aimé avoir une photo souvenir pour mon *scrapbook*.
– Ha, ha ! Moi, j'ai mon Blackberry, a déclaré le prof en allant le chercher dans son sac à dos. Je vais pouvoir immortaliser l'événement !

On s'est mis à chanter « Bonne fête Africa ! » pendant qu'il rallumait les bougies. On les a éteintes d'un seul souffle. Notre enseignant a pris quelques photos, dont une avec lui parmi nous, à la demande d'Africa. On a dévoré notre part de gâteau, puis il a sorti un jeu de cartes.
– Vous allez nous faire des tours de magie ? a demandé Bohumil.
– Pas *des* mais *un* tour.

Même s'il n'y en avait qu'un, il était super cool. Mais comment monsieur Gauthier fait-il, après toutes ses manipulations, pour retrouver la carte choisie par Africa ? Je n'en ai aucune idée. C'est ça, la magie !

20 h 55. Ordinairement, j'irais rejoindre mon chat d'amour qui somnolerait sur ma couette, mais là, pas de Grand-Cœur. Plus jamais de Grand-Cœur. C'est inimaginable. Je ne sais pas si je vais m'y faire un jour. Bon, cher journal, il faut que je pense à autre chose, sinon je vais me remettre à pleurer.

## Vendredi 23 avril

Pfff... C'était trop beau pour être vrai ! Ce matin, on était en plein jogging mathématique quand Cruella est entrée en classe. Elle nous a annoncé qu'elle reprendrait l'heure d'anglais d'hier lundi matin. Ce qui nous fera deux périodes d'anglais la semaine prochaine...

En rentrant de l'école, j'ai trouvé un paquet simplement emballé dans un papier bleu foncé sur mon bureau. Ainsi qu'une enveloppe bleu pâle. Intriguée, j'ai d'abord ouvert le paquet. Oh ! Grand-Cœur ! C'était une photo de lui dans un joli cadre argenté décoré de petits cœurs. Assis sur le gazon avec son pelage noir, ses yeux vifs et ses oreilles aux aguets, mon chat avait vraiment l'air du seigneur des lieux ! Dans un élan, j'ai serré le cadre sur mon cœur, puis je l'ai embrassé. Mes yeux brillaient de larmes, mais, cette fois, c'était de bonheur plus que de tristesse. Qui m'avait fait cette merveilleuse surprise ? Déchirant l'enveloppe, j'en ai sorti une feuille. Je l'ai dépliée et j'ai lu :

*Chère Alice,*

*Ça m'a fait de la peine d'apprendre que ton chat était mort. Ce bon Grand-Cœur ! Il doit tant te manquer ! Depuis mardi, j'ai beaucoup pensé à toi. Voici une photo que j'avais prise l'été dernier, un matin où ton chat m'avait rendu visite. Je lui avais offert un bol de croquettes au thon. Ensuite, il était resté un moment près de moi pendant que je jardinais. J'espère que ce souvenir mettra du baume à ton cœur chaque fois que tu le regarderas. Rappelle-toi combien Grand-Cœur aimait profiter de la vie!*

*Amitiés,*
*Rosa Baldini*

Je suis descendue montrer le cadre à maman.
– Quelle belle photo! a-t-elle dit. C'est vraiment gentil de la part de madame Baldini. Elle a apporté ça pour toi tout à l'heure.

J'ai téléphoné à notre voisine pour la remercier pour son cadeau et son gentil petit mot, et aussi parce qu'elle avait accouru l'autre matin alors que j'avais besoin d'aide. Elle m'a dit quelque chose qui m'a beaucoup touchée:
– Tu as perdu ton chat, Alice, mais il fera toujours partie de ta vie.

C'est vrai, elle a bien raison! Mes souvenirs de lui, personne ne peut me les voler.

21 h 15. J'ai installé le cadre argenté sur ma table de chevet. Et voilà, c'était comme si Grand-Cœur retrouvait tout naturellement sa place dans ma chambre. Au moment où je me couchais, j'ai pensé que, s'il existait un paradis

pour les chats, le mien s'y trouvait désormais. Ça, c'était évident ! Cette pensée m'a réconfortée. C'est pourquoi je me suis relevée pour la noter. Toi aussi, mon fidèle journal, tu m'aides à tenir le coup en accueillant mes confidences et mon chagrin dans tes pages. Merci.

## Samedi 24 avril

Cet après-midi, maman m'a envoyée chercher du lait au dépanneur. Un camion de déménagement était stationné presque au coin de notre rue. Pas du côté de monsieur Tony, le coiffeur pour hommes, ni des Baldini, non, à l'autre bout. Deux hommes aussi costauds que monsieur Gauthier en ont sorti un réfrigérateur. Ils l'ont porté dans une maison. À l'intérieur, on entendait un enfant pousser des cris perçants. Justement, il ou plutôt elle – parce qu'il s'agissait d'une toute petite fille – est sortie en courant. Derrière moi, j'ai entendu une voiture arriver. Le conducteur ne pouvait pas voir l'enfant qui fonçait vers la rue, car elle était cachée par le camion de déménagement. Horreur absolue ! Je me suis élancée. La fillette, qui était passée devant le camion, se trouvait déjà au milieu de la rue quand je l'ai attrapée au vol. À l'instant où je la déposais sur le trottoir, l'auto est passée en trombe.

Mon cœur battait très fort. La petite fille, elle, ne disait plus rien. Sa mère est arrivée et l'a serrée dans ses bras. La déposant à terre, elle s'est écriée :

– Marie-Capucine, je t'ai déjà dit qu'on ne pouvait pas traverser la rue ! C'est très dangereux ! Tu aurais pu te faire écraser ! Tu ne le feras plus jamais, promis ?

La fillette, dont les boucles châtaines tombaient sur les épaules, restait muette et me regardait avec curiosité.

Se tournant vers moi, la maman a poursuivi :
– Comment pourrais-je te remercier ? J'ai vu ce qui s'est passé de la fenêtre ! Tu as volé au secours de Marie-Capucine et tu l'as attrapée juste à temps. Tu es une jeune fille formidable ! Une héroïne, je dirais même ! Comment t'appelles-tu ? Et où habites-tu ?
– Je m'appelle Alice Aubry, ai-je répondu, étourdie par ce tourbillon d'événements et de paroles. Ma maison se trouve de l'autre côté de la rue, un peu plus loin à droite, au n° 42.
– Enchantée de faire ta connaissance, Alice ! Moi, je suis Laurence Bergeron, la maman de Marie-Capucine, qui vient d'avoir 3 ans. Son petit frère, Jean-Sébastien, a 1 an et 1/2. Comme tu vois, nous nous installons rue Isidore-Bottine. Nous aurons donc l'occasion de nous voir régulièrement.

J'espère juste que je ne devrai pas de nouveau empêcher sa fille de se faire écraser ! Car franchement, je n'ai aucune idée de comment j'ai pu accomplir cet exploit. Sur le moment même, je n'ai pas réfléchi. J'ai foncé, comme si une force inconnue avait pris le contrôle de mon corps. Comme si, devant ce cas d'extrême urgence, je m'étais transformée en **SUPER ALICE !** Ça doit être ça, les réflexes.

Je n'ose pas penser à ce qui serait arrivé si je n'étais pas passée par là à cet instant précis. Car deux secondes plus tard, il aurait été trop tard. Ouf ! J'ai déjà été suffisamment traumatisée par la mort de mon chat !

À propos de chat et de nouveaux voisins, tu ne sais pas quoi, cher journal ?! L'affreux siamois qui a pourchassé Grand-Cœur, la veille de sa mort, eh bien, il appartient à Pierre et Michael, nos voisins d'à côté ! C'est lui, le fameux Sushi ! D'accord, il n'est pas responsable de la mort de mon chat, mais, malgré tout, je ne peux m'empêcher de lui en vouloir. Quelle épreuve pour Grand-Cœur d'avoir dû subir cette attaque alors qu'il était si malade !

11 h 54. Ma fenêtre est ouverte et hummm... une délicieuse odeur provenant du dehors chatouille mes narines. Du mois d'octobre à la fin avril, papa cuisine rarement. En effet, lorsqu'il enfile son tablier, c'est pour préparer une de ses trois spécialités : le pâté chinois, le chili con carne et les crêpes. Même si c'est très bon, disons que le choix est un peu limité. Mais là, cher journal, avec l'arrivée du printemps, tiens-toi bien : le **KING DU BARBECUE** est de retour !

J'entends maman et Caro qui mettent la table sur la terrasse. Soudain, c'est le drame ! Ma sœur s'est écriée :
– La bouteille de ketchup est vide !!!
– Écoute Ciboulette, pour une fois, tu t'en passeras, a répondu maman.

Papa a déclaré :
– Et moi, je n'ai plus de bière. Tu m'accompagnes au dépanneur, Chaton ? On va acheter une bonne bière belge ainsi que du ketchup.

Me penchant par la fenêtre, j'ai crié :
– Tant que vous y êtes, pouvez-vous aussi rapporter une bouteille de Citrobulles bien glacé ?

16 h 23. Papa n'a pas perdu la main : ses brochettes et ses pommes de terre cuites sur la cendre étaient excellentes. Après le repas, tout le monde est rentré, sauf moi. Je me suis rendue discrètement au fond du jardin, devant la tombe de mon chat. Comme il n'avait pas encore plu, le cœur que j'avais dessiné sur la terre était encore bien visible. J'ai murmuré :
– Je t'aime, Grand-Cœur. C'est Alice, je suis là. Je veille sur toi.

M'allongeant sur l'herbe, je me suis plongée dans *Kenza et la jument mystérieuse.* (Marie-Ève me l'a apporté hier à l'école.) Elle a raison, il est palpitant ce roman. Je suis déjà à la page 73 !

## Dimanche 25 avril

Ce matin, je venais de cliquer sur www.lola-falbala.com quand papa a débarqué dans le bureau.
– C'est bien demain ton cours d'anglais, puce ?
– Euh oui, ai-je répondu. Demain *et* jeudi.
– On va réviser une dernière fois ta leçon. Tu ne peux plus te permettre d'avoir une autre mauvaise note.

Bref, on y a passé le restant de la matinée… Au moins, je connais tellement bien ma leçon que si Cruella m'interroge, elle sera obligée de m'accorder une bonne note. Et le devoir qu'on doit lui remettre est impeccable.

19 h 15. Marie-Ève vient de m'appeler. Elle était de retour d'Ottawa et avait hâte de m'annoncer une grande nouvelle. Son père s'est procuré une webcam et un micro à intégrer au service de messagerie Skype. Et il lui a offert le même équipement !

– Cool ! me suis-je écriée. Lorsqu'on se téléphonera, on pourra enfin se voir ! On essaie tout de suite ?

– Malheureusement, ma webcam n'est pas encore installée. Maman m'a promis de s'en occuper demain soir. Dès que ce sera fait, je t'appellerai !

## Lundi 26 avril

La cloche avait déjà sonné quand je suis arrivée à l'école. J'ai monté les marches de l'escalier deux par deux et je suis entrée en classe au moment où monsieur Gauthier allait fermer la porte. Il nous a distribué un contrôle de maths : 10 additions, 10 soustractions, 10 multiplications et 10 divisions compliquées. Fiouuu ! À 9 h 30 tapant, Cruella a pris la relève. Elle a commencé par ramasser nos devoirs. Marie-Ève lui a dit :

– Je l'ai oublié.

– Tu avais une semaine et demie pour y penser ! lui a répondu la prof, les lèvres pincées. C'est dommage, mais je suis obligée de te mettre zéro. Bon, et maintenant, qui voudrait me parler des métiers ?

Prenant mon courage à deux mains, j'ai dit :
– Moi.

Crucru a fait semblant de ne pas m'entendre. Elle a questionné Éléonore, son chouchou n° 1 ainsi que Karim et Audrey. Dommage… pour une fois que je connaissais bien ma leçon !

À la récré, Marie-Ève et moi, on s'est dirigées vers l'érable.
– Mais… tu pleures ? ! ai-je constaté, stupéfaite.

Éclatant en sanglots, elle s'est jetée dans mes bras.
– C'est à cause de ton zéro ? l'ai-je interrogée. Je te comprends ! Cruella est vraiment vache ! ! !

Marie-Ève a essayé de m'expliquer quelque chose, mais je ne comprenais rien. J'ai tiré un mouchoir en papier de la poche de mon blouson et je le lui ai tendu. Après s'être mouchée un bon coup, elle a réussi à dire :
– Ce n'est pas le zéro qui me fait le plus de peine. C'est le fait que j'ai oublié mon devoir d'anglais à Ottawa, hier. Pourtant, je m'étais vraiment appliquée. Je suis sûre que j'aurais eu une très bonne note. Mais jeudi soir, j'ai eu l'idée d'apporter mon texte chez mon père, simplement pour qu'il le relise. Il est parfaitement bilingue, lui. Ce matin, il m'a appelée pendant que je déjeunais. Il venait de trouver mon devoir sur son bureau. Je t'assure, Alice, que ce n'est pas facile de vivre entre deux apparts qui se trouvent à 200 km l'un de l'autre !

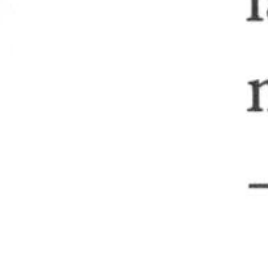

En reniflant, elle a ajouté, d'un air d'enterrement :
– C'est vendredi soir que je vais rencontrer le nouveau chum de ma mère…

– Ah oui ? Elle est amoureuse pour de vrai, comme ça ?
– Ça a l'air que oui… J'ai hâte de voir Anthony mais, en même temps, ça me fait tout drôle. Et si je ne l'aimais pas ? En tout cas, j'espère que maman et lui ne s'embrasseront pas devant moi. Ce serait tellement gênant !
– Ne t'en fais pas trop, lui ai-je dit. Si elle le trouve gentil, c'est qu'il doit avoir des qualités. Et après tout, si elle est heureuse avec cet homme-là, tant mieux, non ?

J'essayais de rassurer ma meilleure amie, mais je n'imaginais vraiment pas ma mère, Astrid Vermeulen, me présentant un autre amoureux que papa… En réalité, ce serait l'horreur absolue !
– Tu dois avoir raison, a répondu Marie-Ève d'un air pas trop convaincu.

J'avais rarement vu ma meilleure amie aussi découragée.
– Tu es libre samedi ? lui ai-je demandé.
– Euh oui, je crois.
– Je t'invite à la maison. Comme ça, si tu veux, tu me raconteras comment ça s'est passé.
– Merci Alice ! a-t-elle dit en retrouvant son sourire. Heureusement que tu es là !

Après la récré, on a corrigé le contrôle de grammaire de la semaine dernière. Marie-Ève a reçu un galet rose. Mais je pense que ses progrès n'étaient qu'un prétexte. Monsieur Gauthier avait dû voir à ses yeux rouges qu'elle avait pleuré. Il est si attentif aux besoins de ses élèves qu'il avait sans doute voulu lui procurer une petite joie. Bref, le coffre aux trésors débordait de galets.

Africa s'est levée. Elle s'est adressée au prof:

– On a tellement aimé votre séance de magie, l'automne dernier. Comme privilège, pourriez-vous nous en préparer une autre, s'il vous plaît?

On s'est tous écriés en chœur:

– Oh oui, ouiiiii!

Eduardo a lancé:

– De la magie! De la magie!

Toute la classe a repris avec lui:

– De la magie!!! De la magie!!!

– Chacun de mes privilèges est différent, a décrété notre enseignant.

– Mais justement, a plaidé Africa, ce *sera* différent. Vous n'avez qu'à nous présenter d'autres tours...

Notre prof avait un large sourire. Il lui a répondu:

– Tu es vraiment convaincante! Tu ferais une excellente avocate, plus tard.

– Merci, monsieur! Moi, ce que je voudrais, c'est devenir médecin en Afrique. Ou magicienne, on ne sait jamais...

– Tous ces métiers sont passionnants. Heureusement, tu as le temps d'y penser. Par contre, moi, d'ici demain, je n'aurai pas l'occasion de vous concocter un spectacle de magie. Je dois corriger vos contrôles de maths.

– Pour mercredi ou jeudi, alors? a essayé Simon.

– Non, c'est demain que vous aurez droit à votre privilège.

À 16 h, ma sœur et moi, on avait rendez-vous chez la coiffeuse. Pendant que Cindy égalisait les cheveux de Caro, je me suis plongée dans le magazine *MégaStar* du mois d'avril. Cool ! Il y avait un reportage sur Lola Falbala ! Et un autre sur le tournage du nouveau film avec Kevin Esposito. Elle en a de la chance, Marie-Ève, que sa mère soit abonnée au *MégaStar.* D'accord, le magazine est destiné aux clientes de l'institut de beauté. Mais avant de le descendre dans la salle d'attente, mon amie peut prendre le temps de le lire.

TILT ! Interrompant maman qui feuilletait un magazine de cuisine, je lui ai déclaré :

– Moumou, j'aimerais qu'on s'abonne au *MégaStar.*

Bien sûr, elle ne voulait pas en entendre parler… Ça, j'aurais dû m'en douter ! Par chance, j'avais un plan B.

– Alors, ce sera mon cadeau d'anniversaire.

– Non, a-t-elle répété. Ce magazine n'est vraiment pas intéressant. Si tu veux, pour tes 11 ans, on pourrait t'offrir un abonnement au *National Geographic,* par exemple. Il y a plein de chouettes reportages sur les animaux et les pays.

Pfff… ça, je le sais bien. J'aime beaucoup la géographie et les animaux, et je feuillette le *National Geographic* dans la salle d'attente du dentiste. Mon oncle Alex a même déjà illustré un reportage dans ce magazine, avec ses belles photos. Mais la question n'est pas là. Ma mère ne me comprend pas. Le *National Geographic,* on peut l'emprunter à la bibliothèque. Tandis que les derniers numéros du *MégaStar,* on ne les trouve jamais là-bas parce que des tas de gens les empruntent. Les seuls numéros disponibles sont ceux de l'an passé et ils sont complètement usés… Décidément, ma mère est vraiment moins cool que celle de Marie-Ève ! On dirait qu'Astrid Vermeulen n'a jamais été ado. Ce n'est pas parce que le *MégaStar* ne l'intéresse pas que ça ne m'intéresse pas. Au contraire ! On y apprend plein de choses passionnantes sur nos vedettes préférées. Je travaille fort à l'école. J'ai tout de même le droit de me détendre un peu, non ?!

Une pensée a traversé mon esprit. Une vilaine petite pensée de vengeance. Moi qui voulais offrir un porte-revues à maman pour la fête des Mères, eh bien, elle ne le méritait plus. Na ! Pourquoi lirait-elle tranquillement sur la toilette les magazines qu'elle emprunte à la bibliothèque tandis que moi, je suis privée du *MégaStar*, la revue que mes copines dévorent de la première à la dernière page ?

20 h 54. Finalement, j'ai changé d'avis. Les vengeances, c'est pas mon genre. Je ne suis pas Gigi Foster, moi ! Conclusion : *MégaStar* ou pas, maman recevra un porte-revues le mois prochain.

Demain, ça fera une semaine que mon chat est mort. Il me manque toujours autant, en particulier au moment de me coucher. Au moins, je peux murmurer « Bonne nuit, Grand-Cœur » en embrassant sa photo sur ma table de chevet. Ça a l'air niaiseux, mais peu importe. À cette heure-là, Caroline dort et donc personne ne le sait, à part toi, maintenant, cher journal. Tiens, tout à coup, j'ai une idée. Je te reviens dans deux minutes.

21 h 00. Voilà, c'est fait. Je suis allée chercher une couverture dans l'armoire du sous-sol. La laissant pliée comme

elle était, je l'ai posée sur ma couette, au bout de mon lit. Ainsi, elle réchauffera mes pieds. J'espère aussi que son poids me donnera un peu l'illusion que Grand-Cœur se trouve encore sur mon lit et que ça m'aidera à m'endormir.

## Mardi 27 avril

Mon truc a fonctionné. J'avais à peine posé la tête sur l'oreiller que j'ai sombré dans un profond sommeil. Évidemment, ça ne remplace pas Grand-Cœur ! Mais, ce matin, lorsque papa est venu nous réveiller, Caro et moi, j'ai eu moins de difficulté à me lever que les jours précédents. J'ai ouvert les stores et le soleil est entré à flots dans ma chambre. Le thermomètre indiquait déjà 20 degrés. Alors, pour la première fois, j'ai enfilé la mini-jupe blanche que mes parents avaient rapportée de Miami ainsi que mon tee-shirt orange flash. Pas besoin de blouson, aujourd'hui. J'ai chaussé mes sandales blanches. Vive le printemps !

Quand, ma sœur et moi, on est arrivées dans la rue de l'école, une auto s'est arrêtée devant nous. Karim et sa sœur en sont sortis.

– Hey Alice ! s'est-il exclamé. Ça te va bien, ce que tu portes !

– Merci ! Ça fait du bien après tous ces mois passés en vêtements d'hiver !

– Il est amoureux de toi ? m'a glissé Caro à l'oreille.

– Ben non ! ai-je répondu en rougissant. Tu racontes n'importe quoi !

Monsieur Gauthier portait son tee-shirt 100 % COOL ! En fait, ce qui aurait été cool, ç'aurait été de nous faire profiter de notre privilège dès le matin. Mais ce n'était pas le cas. Il avait un sourire énigmatique.
– C'est pour aujourd'hui, au moins ? s'est informée Éléonore.
– Oui, patience…

En arrivant en classe, au début de l'après-midi, je lui ai demandé :
– Et maintenant, on peut savoir ce que c'est ?
– Pas encore, a-t-il répondu. Après la dictée.
Des « oooh… » et des « pfff… » se sont élevés.
– Soyez patients, les amis. Vous serez contents, ça je vous l'assure, foi de magicien !

À 14 h, le prof nous a annoncé :
– Et bien voilà, nous partons nous promener !
– On sort de l'école ? s'est informé Eduardo.
– Oui, il fait si beau aujourd'hui.
On s'est tous regardés d'un air déçu. Tout ce mystère et cette attente excitante pour ÇA ? Même si c'était effectivement une belle journée de printemps, une balade, ce n'est pas un privilège…
– On va jusqu'où ? l'a questionné Simon.
– Nous allons faire le tour du pâté de maisons, a répondu le prof.
– Vous n'avez pas une autre idée de récompense ? lui a demandé Catherine Frontenac. On pourrait au moins aller au parc ?

– On verra.

On a commencé à marcher deux par deux sur le trottoir… Passionnant… Juste devant moi, Jonathan driblait avec un ballon de basket imaginaire, puis HOP, il sautait très haut comme pour le lancer dans le panier. Jade, qui se trouvait derrière lui, a poussé un cri.

– Aïe ! Tu m'as encore pilé sur le pied ! Fais donc attention !

On a tourné le coin de la rue, puis encore l'autre coin. Monsieur Gauthier s'est arrêté devant la crèmerie.

– Qui a envie d'une bonne crème glacée ? a-t-il demandé.

On est restés muets de surprise, avant de nous écrier :

– Moi ! Moi ! Moiii ! ! !

Monsieur Gauthier était fier de son coup. Il nous a expliqué :

– Je savais que la crèmerie rouvrait aujourd'hui pour la belle saison. À cette occasion, elle propose d'ailleurs une offre spéciale : deux boules pour le prix d'une. Et nous allons tous en profiter !

– C'était ma suggestion de privilège au début de l'année scolaire ! s'est exclamée Catherine Provencher, ravie. Je sais ce que je vais prendre : un cornet banane-chocolat !

– Moi aussi, c'était une des idées de privilèges que j'avais remises à monsieur Gauthier, a déclaré Marie-Ève. Je voudrais une boule à la fraise et l'autre à la vanille. Et toi, Alice, tu prends quoi ?

– Je vais voir ça à l'intérieur.

On a fait la file pour entrer dans le petit commerce. Pas facile de choisir entre trente saveurs de crème glacée... J'en ai aperçu une, verte, marbrée de brun. Quand mon tour est arrivé, j'ai demandé à la jeune fille qui nous servait :

– Un cornet avec deux boules de Tourbillon chocolat-menthe, s'il vous plaît.

J'ai goûté ma crème glacée. Une merveille ! En sortant, j'ai remercié notre prof.

– Merci, merci ! ont fait les autres à leur tour.

On est revenus à l'école sans se presser, en profitant de ce privilège super cool (dans tous les sens du terme, hé, hé !). Comme le dit souvent madame Baldini, *la vie est belle,* cher journal ! Surtout lorsqu'on a la chance de se trouver dans la classe de monsieur Gauthier ! En arrivant devant l'école, on s'est assis sur le gazon pour terminer notre crème glacée.

Un autobus scolaire s'est arrêté. Anaïs, la sœur de Jade en est descendue, suivie par ses amis. Je lui ai demandé :

– Vous venez d'où ?

– Du Stade olympique.

Madame Pescador et madame Hamel, les profs de 6e année, sont sorties après leurs élèves. Et qui était la dernière à descendre de l'autobus, cher journal ? Cruella ! Quand elle nous a vus lécher notre crème glacée, ses yeux se sont écarquillés de stupeur. Elle a cherché notre enseignant du regard. Eh oui, il était bien là, lui aussi, à croquer le restant de son cornet.

## Mercredi 28 avril

Madame Duval a décrété qu'il faisait trop beau pour s'enfermer dans le gymnase. On s'est donc retrouvés dans la cour… avec un ballon de basketball. Ça, c'était moins drôle. La prof a désigné Bohumil et Gigi Foster. À tour de rôle, ils ont choisi les membres de leur équipe. Personne ne m'a prise, moi. Quand on y pense, ça n'a rien d'étonnant et j'en ai l'habitude. Mais c'est tout de même frustrant. C'est comme si, chaque fois, on me faisait sentir devant toute la classe que j'étais vraiment NULLE. Ça, je le sais, pas besoin d'en remettre. Étant la dernière à choisir, mon ennemie publique n° 1 a bien été forcée de m'accepter dans son équipe. Non sans soupirer et sans lever les yeux au ciel ! Bref, rien pour me donner le goût de faire le moindre effort au basket !

## Jeudi 29 avril

Ce matin, Marie-Ève discutait sous l'érable avec les deux Catherine. Je les ai rejointes.
– En hiver, mes taches de rousseur disparaissent quasiment, expliquait Catherine Frontenac. Chaque fois, j'ai l'espoir d'en être débarrassée une fois pour toutes. Mais au printemps, il suffit qu'il y ait du soleil pendant plusieurs jours pour qu'elles réapparaissent. Bref, j'en ai marre ! Surtout que je n'en ai jamais eu autant !

– Je les trouve *cute,* tes taches de rousseur, a déclaré Catherine Provencher. Elles vont bien avec tes cheveux auburn. Je préfère ça à mon teint de fromage cottage ! Et si j'ai le malheur de rester au soleil, je deviens rouge tomate…
– J'ai le même problème, ai-je soupiré.
– Je comprends que moi, j'ai la peau pâle, puisque je suis blonde, a poursuivi Catherine P. Mais toi, Alice, qui a des cheveux presque noirs, c'est étonnant que tu n'aies pas un teint plus basané.
– Pour la couleur de mes cheveux, je tiens de mon père, ai-je expliqué. Mais j'ai la peau de ma mère qui, elle, est encore plus blonde que toi.

Marie-Ève s'est rappelée avoir lu un truc à propos des taches de rousseur dans le *MégaStar* du mois dernier. Pour les pâlir, on conseillait de tamponner sa peau chaque jour avec du jus de citron. Catherine Frontenac a déclaré :
– Bon, je ne perds rien à essayer ! Je vais demander à mes parents d'acheter une tonne de citrons.
– Mmm, moi, le citron, je préfère ça dans les desserts, a rajouté Catherine Provencher. Surtout la tarte meringuée au citron de mon père ! Un pur délice !

Lorsque Caro et moi, on est revenues de l'école, madame Baldini travaillait dans son parterre, parmi les tulipes, les jonquilles et les nains de jardin. Elle nous a invitées à prendre une collation à l'arrière, sur sa terrasse. On est d'abord passées chez nous prévenir maman et déposer nos sacs d'école. Deux minutes plus tard, on était de retour. Notre voisine nous a apporté des biscotti et deux grands verres de limonade maison avec des glaçons et des pailles. C'était tellement désaltérant ! Autant que du Citrobulles. On a parlé de l'école, de mon chat et de Zouzou. Madame Baldini nous a montré les photos de Matteo, Luca et Nicola, ses petits-fils. Luca a 13 ans et je le trouve TROP beau !

Une demi-heure plus tard, en rentrant à la maison, j'ai aperçu Sushi sur le perron des voisins. Il se prélassait au soleil d'un air de propriétaire ! Et dire que mon pauvre Grand-Cœur pourrit dans sa tombe au lieu de profiter lui aussi du printemps. C'est trop injuste !

## Vendredi 30 avril

Marie-Ève et moi, on est arrivées ensemble à l'école. Après avoir lancé nos sacs à terre, on s'est assises contre le tronc de notre érable.

– D'après mes calculs, mon tee-shirt de Lola Falbala devrait arriver la semaine prochaine, lui ai-je dit.

Mon amie a soupiré :

– Tu en as de la chance ! Moi, je commence à perdre espoir... Jamais je ne parviendrai à réunir suffisamment de points Star. L'offre prend fin le 14 mai.

– Au pire, je te prêterai le mien.

À la récré, Marie-Ève et moi, on discutait du blogue de Lola Falbala en se partageant son paquet de chips BBQ. Catherine & Catherine se sont approchées.
– Je peux en avoir une, Maé ? a demandé Catherine Provencher. (Maé, c'est le surnom qu'elle donne parfois à Marie-Ève.)
– Bien sûr, a répondu Marie-Ève. Prends-en quelques-unes.

Tandis que je regardais les inséparables s'éloigner, j'ai eu une illumination. J'ai déclaré à mon amie :
– Écoute, pour finir plus vite tes dernières boîtes de Crocolatos, tu n'as qu'à en apporter chaque jour à l'école et…

Elle m'a interrompue.
– J'y ai pensé moi aussi, Alice. Mais comme j'en mange déjà un bol chaque matin, j'ai envie d'autre chose à la collation.
– Elles ne seraient pas pour toi, ces céréales, mais pour Catherine Provencher. Tu la nourrirais chaque récré.

Marie-Ève a pouffé de rire.
– Nourrir Catherine ! ! ! Tu parles d'elle comme si elle était un écureuil ! HI ! HI ! HI !
– Justement, ai-je répondu. Avec elle, tes boîtes se videront comme par miracle, ma chère…
– Pas bête, ton idée, Alice !

Je trouve aussi. La seule chose, c'est que j'aurais dû y penser plus tôt ! Ça m'aurait évité d'avoir une *overdose* de Crocolatos. Enfin, mieux vaut tard que jamais ! Au moins, ça aidera ma meilleure amie à obtenir son tee-shirt.

Au moment où la cloche a sonné, Marie-Ève et moi, on s'est levées. Sniff... c'était notre dernier jour ensemble. À côté de qui serai-je assise lundi ? J'aimerais me retrouver avec Africa, Catherine Provencher ou Karim. J'ai souhaité bonne chance à Marie-Ève. Car à l'heure qu'il est, elle doit se trouver au resto avec sa mère et le fameux Anthony... Pourvu que tout se passe bien. Je saurai ça demain, puisqu'elle vient passer l'après-midi avec moi.

## Samedi 1er mai

8 h 50. Bon mois de mai, cher journal ! Nous y sommes ENFIN ! Car, dans mon agenda, c'est à la date d'aujourd'hui que j'avais noté *Lola Falbala*, le jour où j'avais posté les 40 points Star. Cependant, le facteur ne livre le courrier ni le samedi ni le dimanche. Il me faut donc encore patienter au moins deux jours pour recevoir le fabuleux tee-shirt de Lola Falbala. J'ai tellement hâte ! D'autant plus que le yoyo géant de Caroline est déjà arrivé, lui (hier, par la poste). Je l'ai caché sous le fourbi de ma garde-robe. J'ai décidé de le lui donner pour son anniversaire, dans une semaine.

Ce matin, papa partait au centre commercial. Il avait besoin d'un arrosoir. Je lui ai demandé de l'accompagner.
– Attendez-moi ! s'est écriée Caro.
Maman, qui habillait Zoé, lui a proposé autre chose.

– Viens plutôt avec nous, Ciboulette. On s'en va à l'épicerie. Comme la bouteille de ketchup est finie, on en rachètera. Et tu pourras choisir les céréales, cette fois.

Ma sœur ne s'est pas fait prier.

Dans l'auto, papa m'a confié qu'en fait, l'arrosoir n'était qu'un prétexte. Il voulait surtout aller acheter des patins à roues alignées pour les 8 ans de Caro. C'est une surprise, bien entendu.

– Mais elle a dit qu'elle voulait une chaîne pour pouvoir porter son nouveau pendentif, lui ai-je fait remarquer.

– Sa chaîne en argent, c'est grand-papa et grand-maman qui la lui offriront.

– Moi, c'est le cadeau de la fête des Mères que je veux trouver, lui ai-je dit.

J'ai raconté à mon père l'anecdote de l'autre jour, quand Caro avait apporté le bottin téléphonique à maman qui réclamait de la lecture sur la toilette.

– Sacrée Astrid ! C'est vrai qu'elle lit toujours sur le trône ! Comme elle n'a pas beaucoup de temps, c'est un petit moment de détente qu'elle s'accorde en douce.

– Justement, j'aimerais lui offrir un porte-revues pour mettre à côté de la toilette. Comme ça, elle ne manquera plus jamais de lecture au petit coin !

On a trouvé un arrosoir rotatif pour papa, un système révolutionnaire, paraît-il, et un porte-revues en toile verte, la couleur préférée de maman. Heureusement que mon père l'a payé, parce que ma tirelire est vraiment à sec… J'ai très hâte d'offrir mes présents à ma mère et à ma sœur. Je suis toujours heureuse, cher journal, de recevoir un cadeau. Mais moi aussi j'adore faire des surprises ! On passera le week-end de festivités chez mes grands-parents, avec mes cousins, tante Sophie, oncle Étienne et oncle Alex.

Marie-Ève est arrivée après le dîner.
– Au fait, comment ça a été, hier soir ? lui ai-je demandé tandis qu'on montait dans ma chambre. Il est sympa, l'amoureux de ta mère ?
– Oui, il a l'air cool. Ce que j'aime, c'est qu'il ne ressemble pas du tout à mon père. Anthony est encore plus grand que lui et a des cheveux noirs très courts. Mais tiens, regarde ! J'ai pris une photo pour te le montrer.

Sortant son iPod de son sac, Marie-Ève l'a ouvert et me l'a passé. Sur l'écran, le chum de Stéphanie Poirier souriait d'un sourire « dentaire », comme dirait Caro.
– Il n'est pas mal et il a l'air gentil. Mais entre nous, je trouve ton père encore plus beau.
– Moi aussi ! Mais bon… Anthony est venu nous chercher dans sa voiture décapotable et nous a invitées à la pizzeria. Au début, il semblait aussi mal à l'aise que moi. Mais rapidement, il m'a posé plein de questions. Figure-toi qu'il aime les chevaux, lui aussi. Il nous a également parlé de son métier. C'est un pompier. Il est divorcé, mais n'a pas d'enfant.

Je suis soulagée pour mon amie que cette soirée se soit si bien passée. Pourvu que ça continue comme ça.

On est descendues dans le bureau lire le blogue de Lola Falbala. Ensuite, on a chanté ses chansons en karaoké. On entamait pour la troisième fois *A real man* en se trémoussant devant l'écran quand ma mère a fait irruption dans la pièce.
– Ça fait presque deux heures, les filles, que vous êtes enfermées ici. Si vous alliez faire un tour dehors ?
– D'accord, m'man, on termine notre chanson, puis on sort.

On s'est dirigées vers le parc. En passant devant le dépanneur, Marie-Ève a dit :
– J'ai envie d'un bon Citrobulles bien glacé. Pas toi ?
– Oui, mais je n'ai pas d'argent avec moi, lui ai-je dit.
– Moi, j'en ai. Viens, rentrons.

Bref, on s'est acheté deux canettes de notre boisson préférée ainsi que deux barres de chocolat, une à la noix de coco (pour Marie-Ève) et une à la menthe (pour moi). Et on a dégusté le tout sur un banc du parc.

Miam ! Miam !

## Dimanche 2 mai

Après le déjeuner, maman m'a demandé d'aller promener Zoé en poussette pendant qu'elle changerait les draps des lits. Je suis donc sortie et j'ai pris la direction du parc. J'arrivais presque au coin de la rue lorsqu'une porte s'est ouverte. La fillette que j'avais sauvée l'autre jour et sa mère sont apparues sur le seuil. La petite portait un pyjama et des pantoufles rose bonbon. Son nez coulait. Madame Bergeron (j'ai retrouvé son nom dans tes pages, cher journal) a dit :

– Bonjour Alice ! Comment vas-tu ? Nous t'avons vue arriver par la fenêtre. Marie-Capucine voudrait voir le bébé. C'est une fille ?
– Oui, ai-je répondu. Elle s'appelle Zoé et elle a 7 mois et 1/2.

Marie-Capucine s'est approchée de Zouzou qui était assise dans sa poussette. Avant que j'aie eu le temps de réagir, elle s'est levée sur la pointe des pieds pour l'embrasser. Ouache ! Le nez et la bouche de ma petite sœur étaient barbouillés de morve verdâtre !
– Non, Marie-Capucine, on n'embrasse pas le bébé, a recommandé madame Bergeron sans trop de vigueur. Tu sais bien que tu as un vilain rhume !

Horreur absolue ! Notre bébé chéri risquait de tomber malade à cause de cette fillette remuante... Il y avait une boîte de mouchoirs dans la pochette sous la poussette. J'ai essuyé de mon mieux le visage de ma petite sœur. Beurk ! J'étais vraiment dégoûtée !
– Tu vas où ? m'a demandé Marie-Capucine.
– Au parc.
– M'man, ze veux aller au parc avec Alice, a-t-elle déclaré.

Moi, après ce qui venait de se passer, je n'en avais pas du tout envie. Je souhaitais être tranquille avec Zoé.
– Tu sais, je ne m'arrêterai pas aux modules de jeux, lui ai-je expliqué. Je ferai seulement le tour du parc.

Je ne lui ai pas dit, bien sûr, que j'irais montrer les canards à Zoé.
– Ça fait rien, a décrété Marie-Capucine. Ze va faire le tour du parc avec vous. C'est moi qui va pousser la poussette. Ze suis capabbb !

– Voyons Marie-Capucine, tu es malade, a protesté faiblement sa mère. Et tu es en pyjama.
– C'est pas grave. Ze va m'habiller.
Elle est rentrée dans la maison.

Trente secondes plus tard, elle était de retour.
– M'man, ze trouve pas ma robe rose !
– Elle est au lavage, ma puce. Tu peux mettre ta robe en jeans.
– Non, c'est la rose que ze veux ! ! ! a crié la petite fille en trépignant.

J'en ai profité pour saluer madame Bergeron et filer au parc avec ma sœur. Ouf, quelle tornade, cette Marie-Capucine ! Pauvre Zouzou, j'espère qu'elle n'attrapera pas le rhume ! Comme le vent se levait, je l'ai bien emmitouflée dans sa couverture (bof… ça n'a pas servi à grand-chose, car ma mini-sœur gigote beaucoup).

Sur le chemin, elle n'arrêtait pas de regarder en l'air. Me demandant ce qui attirait ainsi son attention, j'ai à mon tour levé les yeux vers le ciel. À part les branches des tilleuls, couvertes de leurs nouvelles feuilles, il n'y avait rien. Pourtant, elle s'obstinait à lever la tête et semblait fascinée. C'est là que TILT, j'ai compris ! Pour elle, ces milliers de taches vert tendre qui remuaient doucement sous la brise constituaient le plus beau des mobiles ! Pas mal plus intéressant que le mobile de son lit qui fait tourner quatre petits animaux en plastique lorsqu'on le remonte.
– C'est vrai, Zouzou, que c'est magnifique, toutes ces feuilles ! lui ai-je dit.

Elle m'a fait un sourire radieux (plein de dents, elle en a déjà sept ou huit). Se mettant à gazouiller, elle a levé ses mains vers les feuilles, comme pour les toucher. Eh oui, les arbres ne tendent pas toujours des branches dénudées vers le ciel. Et à bien y penser, pour un bébé, c'est toute une découverte !

## Lundi 3 mai

Ce matin, comme chaque début de mois, monsieur Gauthier nous attendait en classe avec le sac rouge qui contient nos noms. Lorsqu'il a annoncé « Patrick et Alice », je me suis dit : « Oh non, pas Patrick... » Ben oui.

Marie-Ève n'avait pas oublié d'apporter un sac de Crocolatos. À la récré, pendant que je croquais une pomme, elle a grignoté quelques étoiles chocolatées.
– Tu en veux ?
– Non merci, ai-je répondu. Je n'ai plus faim.
On s'est approchées des deux Catherine. Marie-Ève a tendu son sac.
– Vous en voulez ?
– C'est quoi ? a fait Catherine Provencher, intéressée.
– Des Crocolatos.
– Oh, merci ! Je raffole de ces céréales.
Marie-Ève lui a passé le sac.
– Tiens, moi j'ai fini.
– Merci ! Justement, j'avais encore un petit creux !

Moi, j'ai demandé à Catherine Frontenac :
– As-tu commencé ton traitement de peau au jus de citron ?
– Oui, ça fait déjà deux soirs que j'applique des tampons démaquillants imbibés de citron sur mes joues. J'espère que ça va fonctionner !

## Mardi 4 mai

Ce matin, alors que mon voisin venait de s'asseoir à son pupitre, il s'est tourné vers moi en m'adressant un grand sourire. Bizarre (? ? ? ! ! !) Il s'est mis à caresser ses cils vers le haut et ses yeux sont devenus tout blancs, comme dans un film d'horreur ! J'ai poussé un cri.
– Arrêêête Patrick, c'est pas drôle ! Ça me donne envie de vomir.
– Oh, toi, tu n'as aucun humour !
J'ai déjà hâte au mois de juin pour changer de voisin…
– Hey, Pat, refais-le encore ! a lancé Jonathan. J'adore ça quand tu révulses tes yeux !
Le mois de mai risque d'être long, cher journal, d'autant plus qu'il compte 31 jours…

## Mercredi 5 mai

En partant pour l'école, j'ai repéré une boîte de Crocolatos dans le bac vert rangé devant la maison de Marie-Capucine.

– Qu'est-ce que tu fais là ? m'a demandé Caro. C'est dégoûtant de fouiller dans les poubelles !

Je lui ai répondu :

– D'abord, c'est pas une poubelle, mais un bac de recyclage. Ensuite, regarde : les points Star n'ont pas été découpés !

– T'en as plus besoin, m'a fait remarquer ma sœur. Tu les as déjà envoyés, tes points.

– Moi oui, mais Marie-Ève pas encore. Je les prends pour elle.

Après avoir déchiré la boîte vide, j'ai glissé dans ma poche le morceau de carton sur lequel étaient imprimés les 5 précieux points.

En attendant ma meilleure amie sous l'érable, j'ai découpé l'étoile argentée. Ah, la voilà qui arrivait ! Je la lui ai tendue.

– C'est pour moi ?! Oh, merci Alice ! Figure-toi que mon père m'a envoyé 5 points Star dans une enveloppe. Avec les tiens, ça m'en fait 40 ! Enfin, il me reste une boîte de Crocolatos à terminer et une autre à consommer, mais je découperai les étoiles tout à l'heure et j'irai les poster. À propos, l'as-tu déjà reçu, ton tee-shirt de Lola Falbala ?

– Non. Et pourtant, ça fait SEPT semaines que j'ai envoyé mes points Star. J'espère que je n'ai pas mangé toutes ces céréales pour rien !

– Ne désespère pas, a dit Catherine Frontenac. Ma sœur a fini par recevoir le sien la semaine dernière.

– Et elle avait envoyé ses points quand ?

– Oh, il y a très, très longtemps.

Bon, l'espoir fait vivre, cher journal !

Cet après-midi, on a de nouveau joué au basket durant la période d'éduc. Monsieur Gauthier a assisté au match. Madame Duval a chargé Karim et Éléonore de former les équipes. Je me préparais mentalement, une fois de plus, à rester la dernière, celle dont personne ne veut... Karim a commencé par désigner Gigi Foster. Normal, c'est la meilleure de la classe aux jeux de ballon, celle que tous les meneurs d'équipe s'arrachent. Éléonore a choisi Africa. Elle aussi, c'est une excellente recrue. Au deuxième tour, Karim a appelé :

– Alice !

Étonnée, je suis restée figée sur place. C'était une blague, ou quoi ? ! On se moquait de moi ?

– Allons, vas-y ! m'a dit Kim Duval en me faisant un sourire encourageant.

Je n'en revenais pas. Pour une fois, quelqu'un m'avait choisie, moi, Alice Aubry, la plus nulle en basket de toute la classe ! J'ai failli m'écrier : « Merci Karim ! Je t'adooore ! » Heureusement que je me suis retenue.

Bref, lorsque le match a commencé, j'ai oublié d'avoir peur et j'ai foncé. On aurait dit que j'avais des ailes. Simon m'a lancé le ballon et j'ai réussi à l'attraper. Je me suis retournée et, le cœur battant, j'ai visé le panier. La balle a tournoyé trois fois autour du cercle de métal avant de tomber... dans le panier ! Mon équipe a hurlé :

– YÉÉÉÉ ! ! !

Africa criait presque aussi fort que les autres, même si elle faisait partie de l'équipe adverse.

Me faisant un grand sourire, Karim m'a tapée dans la main.

– WOW ! Bravo Alice !

Assis dans l'estrade du gym, monsieur Gauthier a levé son bras bien haut et m'a fait un signe de victoire avec le pouce. C'est ainsi, cher journal, que j'ai marqué le 1er panier de l'après-midi ! C'était aussi mon 1er panier de l'année ! ! Et je me demande si ce n'était pas le 1er de toute ma vie ! ! ! Finalement, notre équipe l'a remporté par 18 à 16 ! C'est MON panier qui a fait la différence... Je n'en reviens toujours pas !

J'ai collé la photo de ma tête sur une image de joueuse junior trouvée sur internet ! hi hi hi !

Alice Aubry, bientôt championne de basket ???

## Vendredi 7 mai

### Au programme cette fin de semaine : fête des Mères et les 8 ans de Caro ! ! !

18 h 09. On a soupé tôt avant de partir chez nos grands-parents. Ma mère avait mis une pizza au four pendant que mon père rangeait les bagages dans l'auto. En rentrant, il a lancé :

– Ouf ! J'ai réussi à tout caser !

Il m'a glissé discrètement à l'oreille :

– Ton gros paquet contenant le porte-revues, je l'ai caché au fond du coffre sous une couverture.

Puis, s'adressant à maman qui découpait la pizza :

– Tu n'en as pas pris une à croûte épaisse, Astrid ? Dommage…

– Pas du tout ! ai-je rétorqué. Moi, ce sont les croûtes minces et croustillantes que j'aime.

Caro s'en est mêlée, elle aussi.

– Oh, non, dis-moi pas qu'il y a des oignons, des champignons et des olives ? ! Tout ce que je déteste ! ! ! Tu ne t'en souviens pas que moi, c'est la pizza au poulet que j'aime ? Ou celle aux tomates séchées ?

– Ça ne va pas recommencer…, a soupiré maman. Pourquoi est-ce toujours si compliqué de servir une pizza, chez nous ? La prochaine fois, les amis, vous préparerez le souper vous-mêmes ! Caroline, tu ne vas pas ajouter du ketchup sur ta pizza ? !

Seule Zoé était de bonne humeur. Chaque fois qu'elle entendait le mot « pizza », elle pouffait de rire. Bien sûr, elle ne peut pas encore en manger, mais elle était à table avec nous dans sa chaise haute.

Après le repas, par contre, notre bébé chéri a commencé à geindre. Maman m'a demandé :
– Peux-tu faire un peu d'animation pour la Prunelle pendant que papa et moi, on range la cuisine ?

Je me suis aussitôt plantée devant ma petite sœur, lui répétant d'un air réjoui :
– Pizza ! Pizza ! La pizza de *la mamma* !

Ça a suffi pour la faire changer d'humeur. Zouzou riait tellement qu'elle s'est presque étouffée. Bon, plus tard, si je ne trouve pas de travail, je pourrai toujours devenir humoriste pour les tout-petits. Papa m'appelle. Oui, oui, j'arrive ! Je t'emporte avec moi à la campagne, cher journal !

20 h 49. À cinq avec les bagages et le sac contenant les cochons en peluche de Caro, on était serrés comme des sardines dans notre vieille auto ! J'ai espéré très fort qu'elle ne tombe pas en panne. Mais non, elle a vaillamment tenu le coup. On a fini par traverser le pont Champlain (quel embouteillage !). Une fois sur l'autoroute, ça roulait mieux. On l'a quittée juste avant la frontière américaine. Quelques minutes plus tard, on est arrivés sur le chemin Covey Hill. La route monte

et descend au milieu des collines couvertes de vergers. Les pommiers sont déjà en fleurs ! On dirait qu'ils sont couverts de petites dentelles blanches. C'est tellement beau ! Ce serait le décor rêvé pour un mariage.

J'ai toujours très hâte d'arriver chez les grands-parents. Pour les voir, bien sûr ! Pour enfin sortir de notre boîte de sardines et me dégourdir les jambes. Mais surtout, pour retrouver cet endroit si merveilleux. La maison de mes grands-parents était une ferme autrefois. J'aime sa galerie en bois. J'aime la grange dans laquelle on joue à cache-cache et l'érablière où on construit des cabanes. J'aime le ruisseau qui coule en contrebas et dans lequel on se rafraîchit, l'été. Et j'adore la chambre bleue sous les combles que, mes sœurs et moi, on partage avec Olivier et Félix. Dans cette pièce, il y a deux lits à une place. Maintenant que Zoé fait ses nuits, papa a installé son lit de bébé près de la porte. Et, quand tous ses petits-enfants sont là, grand-maman sort deux matelas de camping et deux sacs de couchage. C'est d'ailleurs à plat ventre sur l'un de ces matelas que je t'écris, cher journal. Ça fait passer le temps en attendant que mes cousins arrivent. Oh, j'entends un bruit de moteur ! Et du remue-ménage, en bas. YÉÉÉÉ ! Ils sont là !

## Samedi 8 mai

Ce matin, Félix, Caro et moi, on a été réveillés par les gazouillements de Zoé.

– Coucou Zouzou ! Attends, je viens te délivrer.

Je l'ai sortie de son lit. Caro a ouvert les rideaux. Olivier s'est retourné sous sa couverture en grognant.

– Bon anniversaire ! ai-je dit à ma sœur Caro en lui tendant un paquet.

Elle s'est dépêchée de le déballer.

– Le yoyo rose que tu m'avais promis ! s'est-elle exclamée, enchantée. Il est vraiment très gros ! Et le petit cochon dessus est trop *cute*. Merci Alice !

Olivier a bougonné :

– Y'a pas moyen de dormir ici, bande de twits !

Et il a enfoui sa tête sous son oreiller. Se précipitant sur lui, Félix le lui a arraché et le lui a lancé en pleine figure. Poussant un cri de guerre, Olivier a riposté. Caroline s'y est mise, elle aussi. Moi, j'ai porté Zoé à nos parents, puis j'ai remonté quatre à quatre les marches de l'escalier menant à notre grenier. Me jetant dans la mêlée, j'ai ramassé un oreiller. Et PAF, je l'ai lancé de toutes mes forces sur Félix. C'est ainsi que la journée a débuté, par une fameuse bataille d'oreillers !

Au déjeuner, Caroline a reçu ses patins à roues alignées et sa chaîne en argent. Comme elle s'attendait à ce dernier cadeau, elle avait apporté son pendentif en forme de papillon dans son sac. Elle a couru le chercher. Portant fièrement son bijou sur son tee-shirt, elle a déclaré, satisfaite :

– Et voilà ! J'ai enfin retrouvé mon porte-bonheur. Merci grand-papa ! Merci grand-maman !

Son fameux porte-bonheur… Pourvu qu'il ne lui arrive rien, cette fois !

Félix a déclaré :
– Moi, j'ai pensé à te donner un cochon nain, mais…
Ma sœur l'a interrompu :
– Un mini-cochon ? Un vrai ? ! ! !
– Ben oui. Tu n'as jamais entendu parler des cochons vietnamiens ? C'est une race d'animaux de compagnie. On les appelle aussi « cochons d'appartement ». Mon copain Samuel en a un chez lui. Tu l'adorerais. Mais maman m'a dit que tes parents ne l'apprécieraient sans doute pas.
De la tête et de son index, notre mère a aussitôt fait signe que « non, non, non ».
– À la place, on t'offre ceci, a dit tante Sophie en donnant une belle boîte à ma sœur.
Elle en a sorti un adorable cochon en peluche.
– Oh, merci ! ! ! Je vais l'appeler Rosie !
– Comment sais-tu que c'est une femelle ? lui a demandé Olivier.
– Je le sais, c'est tout !
Ma sœur, elle est comme ça. BING ! BANG ! BOUM !

Cool !

Enfin, maman lui a tendu le paquet de mamie Juliette qui était arrivé par la poste.
En le déballant, Caroline a poussé un cri de joie.
– Youpiii ! Un autre cochon en peluche pour ma collection ! Et regardez, son nom est indiqué sur l'étiquette. Gudule, c'est trop *cute*, ça, comme nom de gars !

(!!! Les goûts de ma sœur sont parfois surprenants, cher journal.)
– Gudule est un prénom de filles, a rectifié grand-maman. Un prénom très ancien.
– Bon, moi ça me va, a conclu Caro. J'avais déjà cinq mâles. Betty était ma seule femelle. Maintenant, avec Gudule et Rosie, ça m'en fait trois. C'est mieux comme ça.

Heureusement que mes parents ne m'ont pas appelée Gudule! Gudule Aubry... Ou pire encore: Marie-Gudule Aubry-Vermeulen. Imagine, cher journal, à quoi j'ai échappé! Fiouuu...

En passant, Gudule (le cochon ou plutôt la truie en peluche) est d'un merveilleux turquoise et a les yeux mauves.

– As-tu hâte à ta fête, mon beau Félix? a demandé grand-papa. C'est toi le prochain!

Eh oui, mon cousin va avoir 10 ans dans moins d'un mois. Quant à Olivier, il aura 13 ans en octobre.

## Dimanche 9 mai

0 h 12. Ce soir, quelle ambiance! Après avoir fait un sort au gâteau de fête de Caro, on a joué tous ensemble à un jeu de société. On devait deviner qui était l'assassin. Et si c'était nous qui avions tiré cette carte-là, il fallait habilement faire peser les soupçons sur les autres. Olivier et papa ont été successivement les criminels. Vers 22 h 45,

Caroline et Félix tombaient de sommeil. Maman aussi d'ailleurs. Ils sont montés se coucher. Olivier et moi, on a continué à jouer avec papa, oncle Étienne, tante Sophie et nos grands-parents. Cette fois, c'est ma grand-mère qui jouait le rôle de la meurtrière ! Elle était si douée que personne n'a réussi à la démasquer avant qu'elle ne nous « élimine » tous ! Elle, qui raffole des romans policiers, se trouvait dans son élément !
– Encore une partie ! ai-je supplié.
Tante Sophie a déclaré :
– Non, c'est terminé pour ce soir ! Vous avez vu l'heure ? Minuit moins vingt… Tout le monde au lit ! Et faites tout doucement pour ne pas réveiller ceux qui dorment déjà.

À Noël, c'est ma sœur et moi qui avions couché dans les lits. Donc, c'était au tour de nos cousins. Je me suis glissée dans mon sac de couchage.

J'allais m'endormir quand, tout en bas de la maison, les douze coups de minuit ont sonné à l'horloge du salon.
– **MINUIT, L'HEURE DU CRIME !** a déclaré une voix de spectre.
Mon cousin ! Braquant sa lampe de poche sous son menton, il s'était composé un visage cruel. Une véritable vision d'horreur ! Il a poursuivi sur le même ton :
– **HO ! HO ! HO ! TU EN AS DU COURAGE, PETITE, DE DORMIR DANS LA MÊME CHAMBRE QU'UN MEURTRIER ASSOIFFÉ DE SANG !**

– Arrête, Olivier, l'ai-je imploré. Après le jeu auquel on vient de jouer, ça me terrorise !

Bon, pour le faire taire et ne pas mourir de peur, je me suis résolue à utiliser la seule arme en ma possession, mon arme secrète qui marche à tout coup lorsque Olivier exagère vraiment.

Me levant, je me suis penchée sur son lit.

– Mais, qu'est-ce que tu fais ? m'a-t-il demandé, soudain inquiet.

Soulevant son drap et sa couverture, je l'ai chatouillé à mort.

– HI ! HI ! HI ! HIIIII ! Alice, arrêêêête ! a-t-il bêlé en se tortillant sous le supplice. Je ne le ferai pluuuus !

En effet, Olivier est hyper chatouilleux ! La porte s'est ouverte. Oncle Étienne se tenait sur le seuil.

– C'est quoi ce chambard ?! a-t-il demandé à mi-voix. Alice, tu retournes sur ton matelas ! Je ne veux plus entendre un mot, compris ?

Moins d'une minute plus tard, Olivier ronflait. Mais moi, j'avais beau me tourner et me retourner dans mon sac de couchage, je ne parvenais plus à trouver le sommeil. Il faut dire qu'avec toutes ces histoires de meurtres, je craignais de faire un cauchemar...

À tâtons, j'ai cherché ma lampe de poche dans mon sac de voyage. J'ai aussi sorti mon cahier mauve et mon stylo à bille. En éclairant les pages de mon cahier, je t'ai raconté ma journée, cher journal. Bon, cette fois, l'horloge vient de sonner un coup, en bas. Il doit être une heure du matin… La lumière faiblit. La pile doit être usée. Je suis tellement fatiguée que ça m'est désormais complètement égal de dormir dans la même chambre qu'un des trois « tueurs en série » de la soirée. Bonne nuit, cher journal !

18 h 57. Décidément, la nuit dernière n'avait VRAIMENT PAS été de tout repos… Zoé s'était mise à pleurer alors qu'il faisait encore tout noir. Pas des cris de soif comme du temps où elle ne faisait pas encore ses nuits, non, juste un petit pleur triste. J'ai voulu allumer ma lampe de poche, mais la pile avait rendu l'âme. En m'extirpant du sac de couchage, j'ai eu un frisson. Non seulement de froid, mais aussi de peur. Je ne pouvais m'empêcher de penser au jeu du meurtrier… Et s'il y avait un rôdeur dans la maison ? Ou pire, dans la chambre ? ! J'ai vite chassé cette pensée. Il ne fallait pas me laisser gagner par l'angoisse, non, il me fallait agir. J'ai buté contre le matelas de Caro qui n'a pas bronché. La chenille musicale se trouvait aux pieds de Zouzou. J'ai tiré sur la corde actionnant la berceuse. Dès que celle-ci a commencé, notre bébé s'est tu. En palpant le mur avec mes doigts, j'ai réussi à retrouver mon sac de couchage.

Au bout de cinq minutes, la musique ne s'était pas encore arrêtée. Lorsque Zoé a reçu sa chenille en tissu multicolore, peu après sa naissance, j'aimais bien cette mélodie. Mais comme je l'avais déjà entendue un million de fois, depuis,

j'avais du mal à la supporter ! La solution : enfouir ma tête dans le sac de couchage. Bien vite cependant, j'ai étouffé là-dessous et j'ai été obligée de sortir la tête pour prendre une bouffée d'air. Comment ce chahut ne réveillait-il pas Zoé ? Ni Caro ni nos cousins, d'ailleurs ?

À regret, je me suis glissée une nouvelle fois hors de mon duvet.

– Qui est là ? a grogné Olivier.

– C'est moi, Alice, ai-je murmuré.

– C'est quoi, c'te musique ?

Bonne question ! Parlant tout bas, je lui ai expliqué :

– Comme Zoé pleurait, j'ai remonté sa chenille musicale. Mais maintenant, je voudrais bien qu'elle s'arrête.

– Et comment ! s'est exclamé Olivier. Fais quelque chose !

– Je vais essayer.

J'ai eu beau secouer la chenille, rien n'y faisait ! Le mécanisme de la boîte à musique devait être coincé à l'intérieur.

– Passe-moi ce machin ! a dit mon cousin. Je vais le neutraliser. Mais où est passée ma lampe de poche ? M… (gros mot), où l'ai-je mise ?! Tu as la tienne ?

– Elle ne fonctionne plus.

Toujours dans le noir, j'ai remis le joujou infernal à Olivier. Il a traversé la chambre. J'ai entendu un nouveau juron. Je crois que mon cousin venait lui aussi de buter sur le matelas de Caro qui, heureusement, a un sommeil de plomb. La porte de l'armoire a grincé. Soudain, le son de la boîte à musique m'est parvenu de façon assourdie. Comment mon cousin avait-il réussi ce miracle ? En y réfléchissant bien, il avait dû glisser la chenille sous une pile de draps. Une fois l'armoire refermée, on n'entendait plus rien ou presque. Soulagée, je me suis rendormie, bien au chaud dans mon sac de couchage. Zzzz

Ce matin, je dormais encore profondément quand quelqu'un a ouvert les rideaux. Le soleil a envahi la chambre. Caro a claironné :

– Il est 10 h ! On a tous déjeunééé et oncle Alex vient d'arriveeer !

Bref, je me suis dépêchéééе de m'habilleeer et de descendre. Notre jeune oncle se trouvait dans la cuisine.

– Bonjour Alice ! m'a-t-il dit en m'embrassant.

– Salut oncle Alex ! Oh, tu t'es rasé les cheveux ?! Tu as du style, comme ça !

Déjà que mes amies d'école le trouvent beau... Si elles le voyaient aujourd'hui, je crois qu'elles en oublieraient Tom Thomas, le chanteur des Tonic Boys !

Riant gentiment, oncle Alex m'a expliqué :

– Tu es mignonne, Alice, mais, tu sais, ce n'est pas pour être à la mode que je me suis fait raser le coco. C'est parce que j'ai attrapé des poux pendant mon séjour en Égypte.

Des poux ?! Une chance que Miss Parfaite n'entend pas ça !!! Sinon, elle serait dégoûtée, et le photographe qu'elle admirait dégringolerait dans son estime.

– La meilleure façon de me débarrasser de ces bibittes indésirables était de me faire raser les cheveux, a poursuivi mon oncle. Et puis, comme la chaleur était écrasante, là-bas, j'ai trouvé ça pratique. Finalement, j'aime avoir la boule à zéro. Je vais continuer à me raser la tête. Surtout que dans dix jours, je pars au Mexique. Là-bas aussi, je vais avoir chaud !

– Au Mexique ! me suis-je exclamée. Tu en as de la chance ! Jade, une amie de ma classe, est allée là-bas pendant la relâche scolaire. Elle nous a montré les photos de son séjour. Son hôtel donnait sur la plage. C'est vraiment un endroit merveilleux…

– Moi, je n'irai pas à la mer, a expliqué oncle Alex. Mon voyage sera moins exotique. Je suis chargé de faire un grand reportage sur les villes et villages proches de la frontière américaine. Chaque année, des millions de personnes franchissent illégalement la limite qui sépare le Mexique des États-Unis. Ils ont l'espoir d'y trouver une vie meilleure.

– Illégalement, ça veut dire que ce n'est pas permis ? ai-je demandé.

– Tu as raison. Lorsqu'on visite un pays, on doit traverser la douane et montrer son passeport. Mais pour en devenir citoyen, il faut présenter une demande d'immigration.

– Comme j'ai dû le faire pour venir vivre avec Marc au Canada, a dit maman.

Caro a froncé les sourcils.

– Tu es une immigrée ?!

– Oui, mais pas une immigrée clandestine. Une immigrée reçue.

– Tu vas mener une enquête sur les immigrés clandestins mexicains ? a demandé Olivier à notre oncle.
– C'est un journaliste qui se chargera de l'enquête. Moi, je prendrai des photos. Nous passerons un mois et demi là-bas avec un chauffeur mexicain.
– Un mois et demi, c'est long ! a dit Caro.
– Mais cette frontière est longue aussi : elle a plus de 3 000 km. J'ai apporté une carte pour vous montrer notre itinéraire. Regardez. Nous suivrons la frontière mexicaine d'un bout à l'autre, de Tijuana, sur l'océan Pacifique à Matamoros, près du golfe du Mexique. Les États-Unis veulent protéger leur territoire. Ils ne veulent pas être envahis de travailleurs clandestins. Des patrouilles la surveillent donc en permanence. Elles essaient d'attraper les clandestins ainsi que les passeurs de drogue.
– J'ai vu ça dans un film ! s'est écrié Félix. C'est dangereux !
– Ne m'en parle pas ! a dit notre grand-mère. Ça me fait peur, tout ça !

Caro a demandé à oncle Alex :
– Tu seras en danger ?
– Normalement non. Nous sommes bien préparés et nous serons très prudents.

Et moi qui pensais que le Mexique tout entier était un pays de rêve...

On a fêté les mamans. Grand-maman a reçu un gros pot de géraniums roses d'oncle Alex, pour mettre sur la galerie. Et deux romans policiers, l'un de mes parents et l'autre d'oncle Étienne et tante Sophie. Quant à moumou, Caroline lui avait confectionné, à l'école, un collier en perles faites de papier journal et peintes dans les tons mauves, jaunes et orangés.

– Pour porter avec tes robes d'été ! a-t-elle précisé avec fierté.

Il est pas mal son collier. Les couleurs sont un peu agressives, mais bon. C'est vrai que pour l'été, ça fera exotique. Je suis allée chercher mon paquet dans le coffre de l'auto. Quelle surprise pour moumou ! Elle m'a avoué qu'elle avait toujours rêvé d'avoir un porte-revues dans la salle de bain. Elle m'a demandé comment j'en avais eu l'idée. J'ai fait rire toute la famille en racontant l'histoire du bottin téléphonique !

Après le dîner, oncle Alex nous a montré sur l'ordi les photos de son voyage en Égypte. Ensuite, il nous a appris à compter jusqu'à 10 en arabe. C'est difficile. J'ai déjà tout oublié, sauf le nombre 1 : *wahed.* Ensuite, mes cousins sont partis. Ils ont une longue route à faire pour retourner jusque chez eux, à Charlevoix. Grand-papa est monté faire une sieste.

– Tiens, quelle bonne idée ! a dit papa. Moi aussi, je vais me reposer. À tout à l'heure !

J'étais tellement fatiguée que j'ai été tentée de faire pareil. Mais j'avais aussi très envie de te raconter notre week-end à la campagne, cher journal. Je me suis donc assise à la table de la salle à manger pour écrire. Tout près de moi, grand-maman, confortablement installée dans son fauteuil vert, s'était déjà plongée dans le plus gros de ses nouveaux romans policiers.

## Mardi 11 mai

Beurk !!! Beurk !!!

En fin de matinée, j'ai surpris mon « cher » voisin Patrick Drolet en train de fouiller dans son nez. Tout en paraissant concentré sur ses calculs (on était en plein contrôle de maths !), il s'est mis à rouler sa crotte de nez entre son pouce et son index. Ouache ! Comme s'il avait deviné que je le regardais, il m'a jeté un coup d'œil. J'ai murmuré :

– C'est dégueu de jouer avec ses crottes de nez !

Ses yeux se sont allumés et, horreur absolue, le voilà qui a mis sa crotte de nez **DANS SA BOUCHE !!!** Il a fait semblant de la mâcher d'un air réjoui. Du même air qu'a Catherine Provencher quand, dégustant quelque chose de bon, elle lance : « Un pur délice ! »

Beurk !!!

Quelques minutes plus tard, à la cafétéria, Marie-Ève m'a demandé :

– Tu ne manges pas ?

– Non, je n'ai pas faim. Patrick m'a coupé l'appétit.

– Qu'est-ce qu'il a encore fait, celui-là ? a demandé Jade.
– Il dégustait ses crottes de nez pendant le contrôle...
– HEIN ? ! ont fait les filles autour de moi.

Éléonore, qui s'apprêtait à mordre dans son sandwich, l'a déposé sur son emballage d'un air horrifié.

– Miam, miam ! s'est exclamé le principal intéressé à l'autre bout de la table.

Il a l'ouïe fine, celui-là ! Il s'est frotté le bedon. Puis, il a déclaré :

– Ben non, je n'ai pas bouffé ma crotte de nez, voyons ! Je voulais faire une blague à Alice. J'ai fait semblant de l'avaler alors qu'en fait, je l'avais laissée tomber à terre. Pfff... vous, les filles, vous faites toujours des drames !

Beurk... ça veut dire que le sol de notre classe est jonché de crottes de nez... Bon, les filles et les gars, je crois qu'on vient vraiment de planètes différentes. Ou du moins, certains gars, parce que Karim, Bohumil et Simon, par exemple, sont normalement civilisés.

## Mercredi 12 mai

Au retour de l'école, ma sœur et moi, on est tombées sur un inconnu qui accrochait sa veste au porte-manteau. C'est un client japonais que papa a ramené à la maison. En effet, il y a eu une erreur de réservation et l'hôtel où ce monsieur devait loger est plein. Les autres hôtels du centre-ville aussi, à cause d'un important congrès international sur l'environnement. Bref, Sabine Weissmuller a demandé à mon père de recevoir le Japonais chez nous. Pendant qu'il s'installait au sous-sol, dans la chambre d'amis, papa nous a fait des recommandations.

– Surtout, les filles, soyez sages et polies. Monsieur Yamamoto va sans doute signer un gros contrat avant la fin de son séjour. Si c'est le cas, je recevrai une prime. Donc, pas de hurlements, pas de chicanes, pas de bêtises ! Et, pendant trois jours, interdiction d'entrer dans la chambre d'amis. Je souhaiterais même que vous ne descendiez pas au sous-sol.

– Quel style de prime ? ai-je demandé à papa.

– Une somme d'argent, en plus de mon salaire habituel.

Le seul problème, c'est que son client n'a pas l'air commode. Pas comme celui d'il y a deux ans, qui n'était venu que pour un bon repas, et ne parlait pas un mot français. Il souriait tout le temps. Lorsque Caro lui avait montré sa tirelire en forme de cochon, juste comme ça, pour la lui faire admirer, il y avait glissé un billet de 20 $ en lui faisant un clin d'œil. Il m'en avait donné un aussi. À mon avis, ce n'est pas monsieur Yamamoto qui ferait ça…

## Jeudi 13 mai

Au déjeuner, monsieur Yamamoto a commandé deux œufs au bacon avec tranches de tomates et deux toasts, comme s'il se trouvait à l'hôtel. Et Caroline a renversé son lait au chocolat.

– Ne t'en fais pas, Ciboulette, a dit maman en épongeant le dégât.
L'homme a déclaré :
– Chez moi, les enfants sont punis pour moins que ça !
Heureusement que mes sœurs et moi, on n'est pas ses filles !

À 9 h 30, on a eu un contrôle d'anglais… J'ai fait de mon mieux. On verra bien.

Ce soir, en sortant de la salle de bain, j'ai surpris l'homme d'affaires japonais dans notre chambre. Que faisait-il là ?! Ma parole, il feuilletait mon journal intime !!!
J'ai demandé :
– Vous cherchez quelque chose, monsieur ?
– Non ! a-t-il répondu en reposant le cahier mauve sur ma table de chevet.
Et il est sorti de la pièce. Mais pour qui il se prend celui-là ! J'ai hâte qu'il parte…

## Samedi 15 mai

Ce matin, la sonnette de la porte d'entrée m'a réveillée. Il était 8 h 30. Ça devait être le taxi qui venait prendre le Japonais pour le conduire à l'aéroport. En bâillant, je me suis rendue à la toilette. J'ai entendu papa déclarer :
– Au plaisir de vous revoir, monsieur Yamamoto ! Vous êtes toujours le bienvenu chez nous.

Je n'ai pas voulu me montrer (tu comprendras pourquoi plus tard, cher journal !), mais j'ai regardé discrètement ce qui se passait en bas de l'escalier.

Maman semblait tout aussi ravie que papa (parce que papa était ravi, et surtout parce qu'elle allait être débarrassée de ce visiteur désagréable). Je suis sûre qu'elle devait penser, comme moi : « Au plaisir de ne JAMAIS vous revoir, monsieur Yamamoto ! » À son tour, Caro a salué notre hôte.

Papa a dit :

– Malheureusement, notre grande fille ne peut venir vous saluer. Elle dort encore !

J'ai reculé précipitamment.

– Elle est bien fatiguée, après sa semaine de travail à l'école ! a-t-il ajouté.

Il avait raison, j'étais épuisée. Pas parce que monsieur Gauthier nous donne trop de boulot. Mais à cause de ce qui s'est passé hier soir. Bon, commençons par le début, cher journal…

Hier matin, monsieur Yamamoto a monopolisé la salle de bain pendant une éternité. J'ai entendu mon père dire à ma mère :

– Je sais bien, chérie, mais écoute, il part demain. Tout ça en vaut la peine, je t'assure ! Pense à ma prime !

Quand le visiteur a enfin daigné en sortir, en peignoir de soie noire orné d'un dragon rouge, la salle de bain était tout embuée. Elle empestait le parfum pour hommes. Au déjeuner, il s'est plaint de nos toilettes « rudimentaires ». Il a expliqué que chez lui, au Japon, les toilettes disposent d'un siège chauffant, d'un système de neutralisation instantanée des odeurs et d'un système vocal qui encourage les enfants, du style : « Allez, c'est bien, tu vas y arriver ! Bravo mon grand ! » Quelle horreur ! Moi, ça me constiperait, un truc pareil ! Maman était éberluée. Quel sans-gêne, ce type, d'oser critiquer notre maison ! Quant à moi, ces histoires de toilettes m'ont coupé l'appétit. Mon toast au beurre d'arachide est resté dans mon assiette.

Hier soir, mon père et le Japonais ont mangé au resto avec Sabine Weissmuller. Après notre souper entre filles (comme dit maman), Caro et moi, on a regardé *Alice au pays des merveilles*. Sur le grand écran de la chambre de mes parents plutôt que sur la télé du sous-sol. Ensuite, Caroline est allée se coucher. Moi, je suis allée prendre ma douche.

Lorsque je suis revenue dans ma chambre, ma sœur dormait à poings fermés. En déposant mes boucles d'oreilles sur ma table de chevet, j'ai remarqué que mon journal intime ne s'y trouvait pas. Or, je le range toujours là, devant la photo de Grand-Cœur. Ça m'évite de le chercher sans arrêt. J'ai regardé autour de moi, sur mon bureau et même sous mon lit. Aucune trace de mon cahier mauve. Bizarre. Mes soupçons se sont portés sur Caro. Non, ça ne devait pas être elle. Depuis le jour où on s'est chicanées à mort parce que je l'avais surprise en train de lire mon journal intime, elle n'y touche plus. Peut-être maman l'avait-elle rangé ailleurs ? Mais elle était tellement occupée avec sa Prunelle et l'accueil du client japonais, qu'elle n'avait certainement pas eu le temps de s'occuper de mon « bazar ».

Soudain, j'ai repensé à la scène de la veille, quand j'avais surpris monsieur Yamamoto en train de feuilleter mon tome 3. Aurait-il osé le prendre ? Mais pourquoi ? Qu'est-ce qu'un homme d'au moins 50 ans ferait avec le journal intime d'une préado ? ? ? Je n'en avais pas la moindre idée. Cependant, je voulais en avoir le cœur net. Car si c'était lui le coupable, il risquait d'emporter mon cahier à l'autre bout de la terre, vu qu'il repartait le lendemain à Tokyo ! De plus, horreur absolue, s'il venait à tomber sur le texte que j'avais écrit hier, où je dis qu'il n'est pas sympa… Jamais il ne signerait un contrat avec la société où travaille mon père. Ce qui veut dire qu'on l'aurait supporté pendant deux jours et demi pour rien !

En dévalant l'escalier, j'ai failli renverser maman qui montait avec sa Prunelle dans les bras.

– Il est temps de se coucher, Biquette. Où cours-tu comme ça ?

– Euh… j'ai oublié mon dictionnaire au sous-sol.

Elle n'a pas eu l'air de mettre en doute mon explication peu crédible.

– Bonne nuit ! Papa est rentré, mais je préfère que tu ne le déranges pas. Il est en train de négocier ferme avec monsieur Yamamoto.

– D'accord. Bonne nuit, maman. Beau dodo, Zouzou !

Par la porte vitrée du salon, j'ai aperçu mon père et son Japonais. Sur la table basse, il y avait une pile de dossiers, deux petits verres et une bouteille d'alcool. La voie était libre.

Je suis descendue au sous-sol. J'ai ouvert la porte de la chambre d'amis. Elle était éclairée par la lampe de chevet, de l'autre côté du lit. L'odeur épicée de parfum pour hommes que porte monsieur Yamamoto m'a prise à la gorge. Sur la table de chevet, j'ai repéré… mon cahier mauve ! Quel culot il avait, ce type, de lire mon journal intime ! ! ! J'ai contourné le lit, prête à récupérer mon bien. À cet instant, j'ai entendu des pas dans l'escalier. Horreur absolue ! J'étais prise au piège !

Pas question de sortir par la porte ! Je serais tombée nez à nez avec monsieur Yamamoto ! Me dissimuler dans la garde-robe ? La porte grinçait et, d'ailleurs, je n'en avais plus le temps. Je me suis jetée sous le lit. Il était moins une ! La porte de la chambre s'est refermée. J'ai aperçu des chaussures noires s'approcher du lit. Mon cœur battait si fort que j'avais l'impression qu'il allait jaillir de ma poitrine. J'espérais que l'homme ne l'entende pas ! Il devait se déshabiller. Tout à coup, mon nez s'est mis à picoter. Ça devait être à cause de son eau de toilette ou de la poussière. Qu'allait-il se passer si j'éternuais ? J'ai pincé mon nez et couvert ma bouche de l'autre main. Catastrophe, malgré tous mes efforts, j'allais é… é… a… aaaa… Mon TCHOUM ! est sorti très assourdi, mais quand même…

Retenant mon souffle, je me suis attendue à voir surgir le Japonais en furie. Mais non, à la place, j'ai entendu qu'il se brossait les dents dans le mini-cabinet de toilette attenant à la chambre d'amis. Fiouuu, j'étais sauvée ! Encore que c'était beaucoup dire, dans la situation où je me trouvais…

Pourvu qu'il se couche et s'endorme. Et pourvu, oh, pourvu qu'il n'y ait pas d'araignées sous le lit ! ! ! En effet, on trouve parfois des toiles au sous-sol ! J'avais beau savoir qu'il n'y a ni mygales ni tarentules au Québec, je n'étais pas rassurée. Si jamais je sentais une araignée grimper sur moi, je ne pourrais pas me retenir de hurler ! Je m'enfuirais de cette chambre maudite et mes parents voleraient à mon secours. Mais quel drame ça ferait si on me découvrait là… Il était préférable que je me tire seule de ce (TRÈS) mauvais pas.

Deux pieds nus surmontés d'un pyjama circulaient autour du lit. Comment allais-je me sortir de là ? Et Caroline qui dormait paisiblement deux étages plus haut. Comme je l'enviais ! J'ai entendu tourner des pages. J'enrageais ! Je supposais que ce voleur de journaux intimes feuilletait le mien ! Comment osait-il ? ! Si je ne m'étais pas retenue, j'aurais bondi pour reprendre mon

GRRR…

carnet. Quitte à griffer sauvagement monsieur Yamamoto comme l'avait fait Sushi avec Grand-Cœur. Au moment où il s'est couché, les ressorts ont grincé au-dessus de moi. Et si le vieux lit s'effondrait sous le poids du visiteur indésirable ? Horreur absolue ! Je me voyais déjà écrasée par le sommier, le matelas et le Japonais ! Il a éteint la lampe de chevet. La pièce était plongée dans le noir et le silence.

Au bout d'un moment, monsieur Yamamoto s'est mis à ronfler. D'abord doucement, comme un chat qui ronronne, ensuite de plus en plus fort, comme un lion qui rugit. Et si c'était un ogre ? Ou un dragon, comme celui qui orne son peignoir ? Ou le terrifiant Jabberwocky ? ! Oh non ! ! !

Bon, l'obscurité, l'horrible situation dans laquelle je me trouvais et le film que je venais de regarder me faisaient perdre la tête ! Je me suis raisonnée. Le Jabberwocky appartient au monde d'Alice Kinsley et non à celui d'Alice Aubry. Et d'ailleurs, la courageuse Alice Kinsley a décapité ce monstre. Et si, en fait, il était immortel, et qu'une autre tête lui poussait ? Ou plusieurs ? STOP, ALICE AUBRY, ÇA SUFFIT ! Les ronflements signifiaient tout simplement que monsieur Yamamoto dormait profondément, ce qui était une bonne nouvelle. C'était le moment de sortir en douce de ma cachette. Pour me donner du courage, j'ai suivi le conseil de ma mère qui m'incite toujours à trouver des points positifs quand quelque chose ne va pas.

- Point + n° 1 : Je me trouve au 42, rue Isidore-Bottine, Montréal.
- Point + n° 2 : Mes parents sont à la maison.
- Point + n° 3 : Je n'ai pas soif.
- Point + n° 4 : Je n'ai pas faim (mais alors là, pas du tout !).
- Point + n° 5 : Je ne dois pas aller aux toilettes.

Ou plutôt si, je ressentais une envie pipi… Raté pour le point positif n° 5. Au moment où je me creusais les méninges pour trouver un autre point positif, une musique électronique m'a fait sursauter. Les ressorts du sommier ont grincé, et la lumière s'est allumée. Ça devait être le iPhone de monsieur Yamamoto. Effectivement, il a commencé à parler en japonais. Bien entendu, je n'ai rien compris, mais il était clair qu'il n'était pas content. Après avoir raccroché, il a éteint la lampe.

J'ai commencé à avoir des crampes. C'est pénible de rester étendue sur un plancher sans bouger ! Je frissonnais de froid et de **PEUR**. Monsieur Yamamoto s'est enfin remis à ronfler. Bon, plus de temps à perdre ! À chaque ronflement, je me déplaçais sur le dos. Dès que le grondement suivi d'un souffle et d'un gargouillis répugnant s'arrêtait, je m'arrêtais. Bref, j'avançais centimètre par centimètre. J'ai fini par me retrouver à côté du lit. Je me suis relevée au ralenti, toujours au rythme des ronflements. J'étais si ankylosée que j'ai commencé par m'étirer. Par chance, la Lune éclairait faiblement la pièce à travers les rideaux de la fenêtre du sous-sol. Je voulais fuir d'ici, bien entendu. Mais pas avant d'avoir récupéré mon journal intime. Monsieur Yamamoto s'est retourné sous sa couverture. Plus un ronflement. Oh non, j'espérais qu'il n'allait pas se lever pour aller à la toilette ! Il risquait de se cogner contre moi. J'étais sur le point de défaillir de terreur. Et je priais tout bas pour que son iPhone ne sonne plus !

Les ronflements ont repris de plus belle. Il fallait faire vite. À chaque souffle du dragon, j'avançais d'un pas, un peu comme quand je joue à « 1, 2, 3, soleil ! » avec Caro. J'ai contourné le lit. Saisissant mon carnet, j'ai entrepris de faire le chemin inverse. À chaque pas, je tendais l'oreille, mais les ronflements se succédaient régulièrement. Avec d'infinies précautions, j'ai ouvert puis refermé la porte de la chambre d'amis. Sauvée ! Deux minutes plus tard, après un bref passage à la toilette, je me suis glissée dans mon lit. Mon réveil indiquait 23 h 46 !

Au milieu de la nuit, je ne sais pas trop comment, je me suis de nouveau retrouvée sous le lit de la chambre d'amis. Tout à coup, le valet de la Reine rouge (dans le film *Alice au pays des merveilles*) s'est penché vers moi avec un sourire diabolique. Derrière lui, la voix de monsieur Yamamoto a retenti :

– Vous avez trouvé Alice ? Trannnchez-lui la tête !

Mon sang s'est glacé dans mes veines, ce qui m'a réveillée. Fiouuu, j'étais dans mon lit ! Pas étonnant de faire des rêves pareils après cette soirée cauchemardesque ! Je suis allée boire un verre d'eau. J'avais beau me répéter que je me trouvais en sécurité dans ma chambre, j'ai mis longtemps à me rendormir. Si au moins Grand-Cœur avait été à mes côtés…

Heureusement, aujourd'hui, monsieur Yamamoto s'est envolé pour le Japon, après avoir enfin signé le fameux contrat ! Ouf ! Et bon débarras !

## Dimanche 16 mai

Après le King du barbecue (qui, en passant, est en train de faire griller des saucisses dont le fumet me donne l'eau à la bouche), voici maintenant la Fée du jardin. Maman a commencé à planter les fines herbes que nous avons rapportées de chez le pépiniériste. Pour le moment, elle est en train de mettre les marguerites et les autres fleurs en terre. Astrid Vermeulen adore les fleurs, cher journal, presque autant que :

– le tofu
– le lait de soya
– la ciboulette, le basilic, le thym, le romarin…
– les livres et magazines de cuisine
– les romans d'amour
– la musique de Beethoven
– les sensations fortes dans les manèges de La Ronde
– la pluie quand elle s'endort
– son homme
– sa Biquette, sa Ciboulette et sa Prunelle

Donc, comme chaque printemps, Caro et moi, on a accompagné maman à la pépinière. On se dirigeait vers la caisse lorsque, tout à coup, j'ai aperçu des pensées bleues et blanches. J'ai demandé d'en acheter.
– Si tu veux, Biquette.
– Je les planterai moi-même.
– D'accord. Tu les mettras où ?
– Au fond du jardin, devant la haie.

Maman s'est tournée vers moi et m'a fait un sourire plein d'amour.
– Bonne idée ! m'a-t-elle dit. Ce sera très beau.

Elle avait compris.

Du coup, Caro a aussi voulu choisir des fleurs. Elle a pris deux tournesols qui, à en croire l'étiquette, vont devenir gigantesques.

De retour à la maison, j'ai planté mes pensées sur le petit carré de terre dans lequel se trouve Grand-Cœur. En me relevant, j'avais les mains toutes sales et les yeux pleins d'eau.

## Lundi 17 mai

À la récré, Marie-Ève et moi, on s'est adossées contre le tronc de notre érable. J'ai commencé à lui raconter ce qui m'était arrivé vendredi soir. Tout à coup, juste derrière nous, quelqu'un a chantonné d'un ton moqueur :
– Yamamoto ! Yamamoto !

Gigi Foster ! Furieuse, je me suis relevée et lui ai demandé :
– De quel droit nous espionnes-tu ? !
– Arrête de nous embêter et va-t'en ! a lancé à son tour Marie-Ève.

Après nous avoir fait une grimace, la peste s'est éloignée à reculons en continuant son bête « Yamamoto ! Yamamoto ! ». Quelle fille nuisible ! J'espère qu'au secondaire, cher journal, j'en serai DÉBARRASSÉE une fois pour toutes !
– Gigi ne peut pas avoir tout entendu, m'a assuré mon amie. Elle n'était pas là au moment où on s'est installées ici.
– Tu as raison ! lui ai-je répondu. D'ailleurs, mon histoire est loin d'être terminée.
– Justement, j'ai hâte de savoir comment tu t'en es sortie !

Tout en tenant à l'œil Gigi Foster qui lançait un ballon de basket dans le panier avec ses amies de 5e A, j'ai raconté la suite. Après que j'ai eu terminé, Marie-Ève s'est écriée :
– À ta place, Alice, j'aurais eu une crise cardiaque !
– Il faut croire que j'ai le cœur solide ! Plus solide en tout cas que celui de mon pauvre chat... Je n'ai jamais eu aussi peur de ma vie ! C'est comme si j'avais vécu un cauchemar, au lieu d'en rêver !
– Quel sang-froid ! Moi, je n'aurais pas pu rester enfermée dans la chambre avec cet homme ! Je me serais enfuie et j'aurais trouvé refuge auprès de mon père ou de ma mère !
– Je mourais d'envie d'en faire autant, mais je ne voulais pas faire rater la signature de ce contrat. Papa semblait

tellement y tenir ! Oh, quand j'y pense, Marie-Ève, ça aurait pu être pire ! ! ! Si monsieur Yamamoto s'était aperçu de ma présence, je suis sûre qu'il aurait fait un tel scandale que Sabine Weissmuller aurait mis mon père à la porte ! Tu t'imagines, il aurait perdu son emploi à cause de moi…
– Ça n'aurait pas été ta faute. Quelle idée de subtiliser ton journal intime ! Il est complètement dingue, ce type ! Enfin, grâce à ton courage, tout s'est bien terminé.

Ce soir, en rentrant, papa avait un sourire jusqu'aux oreilles.
– Tu as l'air en grande forme, chéri ! a constaté maman.
– Sabine Weissmuller m'a félicité devant toute l'équipe pour avoir réussi à décrocher ce fameux contrat !
– Pour une fois qu'elle reconnaît la valeur de ton travail, ce n'est pas trop tôt !

Papa a poursuivi :
– Et ce n'est pas tout, Astrid ! Elle m'a annoncé que je toucherais non seulement la prime promise, mais aussi une augmentation de salaire. Oh, pas très importante, mais tout de même !

J'ai bondi dans les bras de mon père.
– Félicitations ! Tu es le meilleur, poupou ! Je suis fière de toi !
– Moi aussi, moi aussi ! ont crié Caro et maman.

C'est vrai qu'il les mérite, ces récompenses. Il travaille tellement fort ! Je suis d'autant plus contente de ne pas avoir gâché toute l'affaire, l'autre nuit… S'il savait…

## Mardi 18 mai

Oncle Alex a téléphoné pour nous dire au revoir. C'est demain qu'il part pour le Mexique.
– Dis, même si tu ne seras pas près de la mer, tu m'enverras une carte postale pour ma collection ? lui ai-je demandé.
– Promis ! Et on pourra se parler sur Skype.
– D'accord. Bonne chance oncle Alex ! Surtout, ne prends aucun risque ! Je ne veux pas qu'un trafiquant de drogue ou un garde-frontière te tire dessus !
– Ne t'en fais pas, Alice ! Mes collègues et moi, nous serons extrêmement prudents. À bientôt ! Veux-tu me passer Caroline, s'il te plaît ?

En remontant dans ma chambre, j'ai repéré le Mexique sur ma carte du monde. J'y ai planté une punaise rouge en plein milieu. J'espère vraiment qu'il ne lui arrivera rien, à mon oncle. Ma grand-mère était inquiète l'autre jour, et du coup, je le suis aussi.

## Mercredi 19 mai

Cher journal, j'ai le bras gauche dans le plâtre. Comment c'est arrivé ? Au gymnase, je me trouvais sur la poutre. Gigi Foster m'a ordonné de descendre pour pouvoir y monter à son tour. Comme je ne lui cédais pas la place immédiatement, cette fille m'a brusquement tirée et je suis tombée. Ressentant une vive douleur au poignet, j'ai crié :

– Aïe !

Madame Duval a accouru. J'avais mal. Très mal. Enfin, j'ai fait semblant d'avoir très mal même si la douleur devenait moins forte. Gigi Foster a été punie. Madame Duval m'a accompagnée chez madame Normandin, la secrétaire. Celle-ci a appelé maman qui est arrivée peu de temps après avec Zoé. On est passées à la clinique médicale. Par chance, docteure Séguin, notre médecin de famille, était de garde. On a quand même dû attendre une heure et demie pour la voir, puis encore une demi-heure avant de passer la radio.

– D'après la radiographie, ton poignet n'est pas cassé, Alice, a déclaré docteure Séguin. Mais comme il est très sensible, on va immobiliser ton bras à l'aide d'un plâtre. Tu le garderas une semaine. Si, mercredi prochain, la douleur persiste, je t'enverrai passer une résonance magnétique à l'Hôpital Sainte-Justine. Cet examen plus précis nous permettra de détecter la présence de la moindre fracture que la radio n'aurait pas décelée.

En sortant de la clinique avec le bras plâtré, j'avais peine à dissimuler ma joie ! Enfin un plâtre, malgré le fait que ma diététiste de mère nous fasse boire du lait matin et soir pour avoir des os super solides. Depuis quand j'en voulais un ? Ça date d'il y a très longtemps. En 2e année, Audrey s'était cassé la jambe en ski. Lorsqu'elle était revenue à l'école, tous les élèves s'étaient pressés autour d'elle. On lui posait des tas de questions, on la plaignait et on se précipitait pour l'aider. C'est sûr qu'une jambe dans le plâtre et des béquilles, c'est plus prestigieux qu'un petit plâtre au bras ! Mais bon, c'est déjà mieux que rien.

Papa était furieux contre Gigi Foster. Il a déclaré que demain, il m'accompagnera à l'école pour se plaindre à monsieur Rivet. Aïe, aïe, aïe ! Je ne m'attendais pas à ça. J'espère qu'il ne va pas faire un scandale…

## Jeudi 20 mai

Pas pratique pour dormir, ce plâtre… Je me réveillais chaque fois que je me tournais sur le côté gauche. Ce matin, j'ai dû suivre papa jusque dans le bureau du directeur qui nous a invités à nous asseoir. Mon père a déclaré qu'il était inconcevable qu'une élève en blesse une autre et que ça ne devait plus se reproduire. Tenant mon bras en écharpe, je baissais les yeux. Monsieur Rivet l'a assuré que les parents de Gigi Foster seraient mis au courant. Elle n'avait pas intérêt à refaire mauvais usage de sa force, car elle serait renvoyée de l'école. Oups… cette affaire allait décidément trop loin à mon goût. Mais bon, plus moyen de revenir en arrière.

Nous sommes enfin sortis du bureau de monsieur Rivet. J'ai dit au revoir à papa et je suis allée rejoindre mes amis dans la cour. Ils ont accouru.
– Hein, tu as le bras cassé, Alice ? !

– Ça fait très mal ?
– Ma pauvre ! Gigi est vraiment méchante de t'avoir fait ça !
– Encore heureux que ce soit ton bras gauche, comme tu es droitière ! Au moins, tu pourras écrire.
– Je voudrais signer ton plâtre.
– Moi aussi !
– Et moi aussi !

Bref, c'était la bousculade. J'étais vraiment la vedette ! Et mon plâtre est couvert de signatures, de cœurs et de bonshommes sourires de toutes les couleurs. Gigi Foster, quant à elle, me lançait de temps à autre un regard mauvais.

Cet après-midi, en arrivant dans le couloir de l'école où je rejoins ma sœur pour rentrer à la maison, j'ai entendu des éclats de voix. C'était Caroline. Plantée devant la grande Gigi, elle lui a lancé :
– Si tu fais encore mal à ma sœur, tu auras affaire à moi !

Je n'ai pu m'empêcher de sourire. Elle est trop mignonne, Caro, de prendre ma défense !

## Vendredi 21 mai

Je commence à le trouver moins drôle, ce plâtre… Pas facile de se passer de sa main gauche pour s'habiller et se déshabiller. À l'école, mes amis doivent m'aider à enlever mon sac de mon dos et à le remettre, à la fin de la journée. Maman est venue nous chercher à pied à la sortie des classes. On a marché jusqu'à la bibliothèque. Par chance, j'ai trouvé *Les Zarchinuls perdent la tête,* le seul album que je n'avais pas encore lu. Bon, je te laisse pour m'y plonger, cher journal. Voilà ce qui me changera les idées !

21 h 39. Ce 7e épisode des *Zarchinuls* est excellent, lui aussi ! Je l'ai passé à papa. Il n'a pas fallu une minute pour que j'entende son premier éclat de rire. Moi-même, je riais encore toute seule, ce soir, en me mettant au lit lorsque maman est arrivée dans ma chambre avec le téléphone. C'était Marie-Ève. Je suis descendue dans le bureau pour ne pas réveiller Caro en parlant et aussi pour me brancher sur Skype. Mon amie est arrivée ce soir à Ottawa, chez son père. Lorsqu'elle est apparue à l'écran, j'ai constaté qu'elle avait l'air tout énervée.

– Que se passe-t-il ? lui ai-je demandé.

– Écoute, m'a-t-elle répondu d'un air de conspiration, mon père se trouve sous la douche. J'en profite pour te parler.

J'étais vaguement inquiète.

– Comment ça ? Tu ne veux pas qu'il t'entende ? Mais pourquoi ?

– Parce que tout à l'heure, dans l'auto, j'ai demandé à ma mère si elle comptait sortir avec Anthony, ce soir. Elle m'a dit non. Elle m'a raconté qu'ils avaient rompu tard hier soir, au téléphone, alors que je dormais déjà.

– Hein !!! Pourtant, je croyais que c'était sérieux ?

– C'est ce que je pensais moi aussi, figure-toi ! Elle m'a avoué que finalement, même si Anthony était très gentil, elle n'avait pas vraiment la flamme pour lui.

Je n'ai pu m'empêcher de pouffer de rire.

– Pourquoi ris-tu ? a demandé mon amie. Ça n'a rien de drôle, je t'assure, une séparation !
– Excuse-moi, mais tu ne m'avais pas dit qu'Anthony était pompier ?
– Ben oui, mais c'est quoi le rapport ?
– Pour sortir avec un pompier, il FAUT avoir la flamme, non ? Sinon, ça ne fonctionne pas.

Marie-Ève a ri de bon cœur elle aussi.

– Du coup, a-t-elle poursuivi, je n'étais pas très rassurée de laisser ma mère seule toute la fin de semaine. Mais au moins, elle ne semblait pas bouleversée. Elle m'a expliqué que, finalement, elle se sentait soulagée d'avoir rompu. Je lui ai demandé comment Anthony avait réagi. Il lui a dit qu'il trouvait ça dommage mais que, si elle n'était pas vraiment amoureuse de lui, ça valait mieux ainsi.
– Et toi, ça te fait quoi ? Tu l'aimais bien, Anthony.
– Oui, il était cool, mais je ne l'avais vu que deux fois.

Marie-Ève s'est mise à chuchoter.

– Mon père vient de fermer la douche. Changeons de sujet, Alice. Parce qu'il n'était pas au courant pour Anthony.

À ce moment-là, ma mère m'a interrompue.

– Biquette, il est déjà 21 h 15. Il est temps de te coucher.
– Moumou, laisse-moi encore un quart d'heure, s'il te plaît ! On n'a pas d'école demain.
– Bon, d'accord. Mais, en montant, tu viendras nous dire bonne nuit dans notre chambre.

Bref, on a encore papoté un peu, mon amie et moi. Que de rebondissements dans sa vie, tout de même !

## Samedi 22 mai

Après le déjeuner, mes parents sont partis chez le concessionnaire automobile. Grâce à la prime qu'a touchée papa après avoir signé le contrat avec le redoutable monsieur Yamamoto, ils ont décidé de remplacer notre vieille auto par une fourgonnette familiale.
– Si j'étais seul, je choisirais une Ferrari, a dit papa à la blague. Mais comme c'est trop petit pour y caser toute la famille Aubry-Vermeulen, je me contenterai pour cette fois d'une fourgonnette.

Bien sûr, la prime de mon père ne paiera pas la totalité du véhicule, mais au moins une partie. Ce qui est bienvenu.

J'ai gardé mes sœurs pendant l'absence de nos parents. On est sorties au jardin. Caro s'amusait avec son yoyo géant. Elle est très habile. Zoé, fascinée, le suivait des yeux. Ensuite, je l'ai installée dans la balançoire pour bébé et je l'ai poussée doucement. Elle aime beaucoup ça.
– Tu n'as plus mal au bras ? a demandé Caro.
– Non, plus du tout ! On va pouvoir m'enlever mon plâtre mercredi. Dis, Caro, peux-tu prendre ma relève ? Je dois aller à la toilette.

À mon retour, Caroline balançait énergiquement notre bébé chéri en chantant à tue-tête : « ... jouez hautbois, résonnez musettes ! Il est né le divin enfant, chantons tous son avènement ! » Un chant de Noël en plein mois de mai ! Je rêve, ou quoi ? ! Mais bon, Zoé n'avait pas l'air de s'en formaliser. Elle riait aux éclats ! Oh, on dirait que d'autres dents ont encore poussé !

Nos parents ne sont pas revenus en fourgonnette. Par contre, ils l'ont choisie et commandée. Il paraît qu'elle est rouge comme une Ferrari ! Cool ! J'aime les voitures rouges. On l'aura dans dix jours.

## Dimanche 23 mai

Mon avant-bras a chaud, dans ce plâtre… Ça commence à me chatouiller, mais pas moyen de me gratter. Au début de l'après-midi, papa est sorti tondre la pelouse. Mamie Juliette a téléphoné. Grâce à Skype, même si on se trouve à 6 500 km d'elle, on la voit sur l'écran de l'ordi et elle nous voit aussi. À Bruxelles, il était 20 h à cause du décalage horaire. Elle m'a invitée à venir passer trois semaines chez elle au mois de juillet ! Tante Maude aussi veut me recevoir. Ça fait deux ans qu'on n'est pas allés en Belgique et que je n'ai pas vu ma cousine Lulu et mon cousin Quentin (autrement que sur Skype). Et des mois que je n'ai pas passé de temps avec mamie. Je me suis exclamée :
– Oh, merci ! C'est trop cool !
Caroline lui a demandé :
– Moi aussi, mamie, je peux venir ?
– Tu viendras la prochaine fois, ma grande. Mais on se retrouvera au mois d'août. Je me suis arrangée pour

prendre huit semaines de vacances, cet été. J'arriverai avec Alice, et je resterai un mois entier au Québec. Je suis pressée de voir comme tu as grandi ! Et de faire enfin connaissance avec la petite Zoé !

– Je suis bien contente que tu aies réussi à te libérer pour nous rendre visite ! a dit maman à sa mère. Mais en ce qui concerne Alice, avant de prendre une décision, je dois d'abord en discuter sérieusement avec Marc.

Oh, les adultes, quand ils se prennent au sérieux, cher journal, on dirait qu'ils n'ont jamais été jeunes...

Ma sœur a boudé toute la journée. Elle était verte de jalousie. Mais moi, je suis folle de joie ! Il FAUT que mes parents disent oui !

20 h 05. C'est l'horreur absolue, cher journal ! Papa a eu une de ces idées... Il se demande s'il ne vaudrait pas mieux m'envoyer faire un séjour linguistique dans un camp de vacances anglophone plutôt que d'aller en Belgique. Oh, non, pas un camp d'anglais ! Ce supplice ne va pas se prolonger pendant les vacances, tout de même... Et si c'était la sœur jumelle de Cruella qui était directrice du camp ? Ou pire, Cruella ma monitrice ?! Quel cauchemar ! Et moi qui rêvais d'aller dans mon 2e pays et d'avoir ma mamie à moi toute seule ! Et aussi, de passer du temps avec mes cousins qui ont 13 et 15 ans. Ça me changerait de mes petites sœurs ! J'ai supplié papa. Je lui ai rappelé mon 7/10 obtenu dans le dernier test d'anglais.

– Tu vois que je m'améliore !

– C'est vrai, Alice, je l'avais oubliée, cette bonne note-là. Mais ça ne suffit pas pour rattraper les points catastrophiques du trimestre dernier.
– Papa, je vais continuer à faire des efforts, je te le promets. Je t'assure que ce ne sera pas nécessaire de faire du rattrapage pendant les vacances !

## Lundi 24 mai

Mes parents ont fini par donner leur accord pour les vacances en Belgique. Ils ont même fixé les dates avec mamie. Je partirai le 12 juillet. Imagine, cher journal, que je vais voyager seule en avion à l'aller ! J'ai tellement hâte ! Et à propos de voyage, oncle Alex nous a envoyé un courriel. Au Mexique, c'est la canicule, mais à part ça tout va bien.

J'ai chaud dans ce plâtre, mais chaud ! Et ça me gratte tout le temps. J'ai l'impression que je vais devenir enragée ! Vivement mercredi après-midi !

## Mardi 25 mai

En rentrant de l'école, une petite enveloppe matelassée m'attendait sur mon bureau. Qui pouvait bien m'envoyer du courrier ? Ça ne venait ni de la Belgique, ni du Mexique. Non, c'était des timbres du Canada.

Soudain, je me suis rappelé les points Star patiemment accumulés que j'avais envoyés deux mois plus tôt. J'ai dit à Caroline :

– Je crois que c'est le tee-shirt de Lola Falbala !

– C'est vrai ? ! s'est exclamée ma sœur. Ouvre vite ! ! !

Comme je n'arrivais pas à décoller l'enveloppe, j'ai saisi la paire de ciseaux sur mon bureau. Coinçant l'enveloppe sous mon plâtre, j'ai fébrilement coupé le rabat. J'ai sorti un tissu argenté en fines mailles fluides. C'était bien mon chandail sans manches de Lola Falbala ! Mais après l'avoir déplié, j'ai aperçu la longue entaille… Oh, non ! J'avais aussi taillé dans le tee-shirt ! Quelle maladresse ! J'étais HYPER déçue.

Caro, toujours pratique, a dit :

– Ne t'en fais pas, Alice. Regarde, la coupure est sur le côté. Grand-maman pourra la recoudre !

Ma sœur sait très bien que ce n'est pas sur maman qu'il faut compter pour ce genre de choses. En effet, elle est à peu près aussi nulle en couture que moi en basket…, ce qui n'est pas peu dire !

– Oui, mais on ne verra peut-être pas les grands-parents avant plusieurs semaines, ai-je soupiré.
– Pourquoi tu ne demandes pas à madame Baldini de le réparer ? a suggéré Caro.

Elle avait raison, ma sœur ! Saisissant mon chandail, j'ai dévalé l'escalier et couru jusque chez les Baldini.

Notre voisine est venue m'ouvrir en tablier.
– Bonjour Alice. *Mamma mia !* Qu'est-il arrivé à ton bras ?!

Après lui avoir donné de brèves explications, je lui ai montré mon tee-shirt de Lola Falbala.
– Il est beau, ce chandail !
– C'est vrai, ai-je répondu. C'est mon tout nouveau tee-shirt. Il vient d'arriver par la poste. Mais en ouvrant l'enveloppe avec des ciseaux, j'ai aussi coupé à travers le tissu ! Regardez... Pourriez-vous le recoudre, s'il vous plaît ?
– D'accord, je vais faire de mon mieux. Demain, j'irai chercher du fil argenté. Tu n'auras qu'à passer après l'école. Ton chandail sera prêt ! En attendant, c'est l'heure de la collation. Je vais emballer quelques biscotti. Tu les partageras avec Caroline.

Chère madame Baldini ! Je l'adore !

## Mercredi 26 mai

Je suis enfin débarrassée de ce scrogneugneu de plâtre ! Ma main est un peu raide... Enfin, au moins, je peux de nouveau l'utiliser ! Je suis définitivement guérie, cher journal.

Non pas de mon poignet (qui n'avait rien, je l'avoue…), mais plutôt de mon envie de plâtre ! Plus jamais de ma vie, je ne veux en avoir un ! Désormais, si quelqu'un se casse un bras ou une jambe, je ne vais plus l'envier. Je vais le plaindre !

Après être revenue de chez docteure Séguin, je suis allée récupérer mon tee-shirt chez Rosa Baldini-doigts-de-fée. Elle l'a bien réparé. On ne voit presque plus rien.
– Oh, merci ! lui ai-je dit en l'embrassant sur les deux joues.

En rentrant à la maison, j'ai tout de suite enfilé mon tee-shirt. Il me va parfaitement bien. Je suis descendue voir maman.
– Regarde comme il est beau ! ai-je dit en me pavanant devant elle. J'ai tellement hâte de le montrer à Marie-Ève et aux autres, demain.
– Tu ne comptes tout de même pas porter le chandail de Léa Tralala à l'école, Alice ?
– Pas Léa Tralala, ai-je rectifié en soupirant. C'est le tee-shirt de Lola Falbala. Fal – ba – la ! Et pourquoi je ne pourrais pas le mettre à l'école ? !
– Il est trop court.
– Mais c'est justement ça qui est à la mode, les chandails courts !
– À la maison, ça ne me dérange pas, mais je refuse que tu t'habilles comme ça pour aller en classe.
– Oh, moumou, s'il te plaît, juste demain, pour une exception ! Même madame Baldini le trouve superbe, mon tee-shirt !

J'ai eu beau supplier ma mère, elle s'est montrée inflexible. Elle me prend pour un bébé ou quoi ?! Et quand je pense qu'elle appelle Lola Falbala, Léa Tralala !!! Elle est tellement distraite ! En fait, ce n'est pas un porte-revues que j'aurais dû lui offrir pour la fête des Mères, c'est un tee-shirt. Comme celui que j'avais donné à monsieur Gauthier juste avant Noël. Sauf qu'au lieu d'y faire inscrire 100 % COOL ! j'aurais plutôt demandé qu'on imprime 100 % DISTRAITE !

18 h 05. Oups ! En parlant de distraction..., j'ai oublié mes feuilles de sciences de la nature à l'école. J'ai demandé à papa qui venait de rentrer s'il pouvait me conduire chez Marie-Ève, ce soir, pour aller chercher les siennes. Il a accepté. Ainsi, on en fera une copie avec notre *scan,* et je pourrai rendre mon devoir demain matin. En plus, comme ça, ma meilleure amie aura la surprise de voir mon tee-shirt aujourd'hui !

20 h 34. Marie-Ève ADORE le tee-shirt de Lola Falbala. Elle a hâte de recevoir le sien !

## Jeudi 27 mai

Hier soir, juste avant de m'endormir, j'ai eu une IDÉE DE GÉNIE ! Je te raconte tout, cher journal...

Ce matin, j'ai enfilé ma mini-jupe blanche et mon tee-shirt rose. Papa, qui avait une réunion avec Sabine Weissmuller, est parti tôt au boulot. Comme Caroline devait apporter un très grand carton à l'école pour son exposé sur le castor, maman nous a conduites en voiture. En arrivant devant l'école, ma sœur a bondi hors de l'auto et a filé, son affiche sous le bras. Je suis sortie à mon tour. Mais soudain, j'ai aperçu mes pieds vert fluo. Je me suis écriée :

– Oh non, c'est l'horreur absolue !

– Quoi encore, Biquette ? ! a-t-elle soupiré.

– J'ai oublié de mettre mes sandales ! Je suis en pantoufles ! ! !

Ma mère a protesté :

– Écoute, Alice, tu exagères ! Ça t'arrive trop souvent d'oublier. Aujourd'hui, ce sont tes sandales, hier, c'était ton devoir… Et demain, ce sera quoi ?

– Ben, tu sais, je tiens de toi, ai-je répondu d'un air mi-embêté, mi-comique. Tu me répètes toujours : « Telle mère, telle fille ! » Donc, moi je dis : « Telle mère distraite, telle fille distraite ! »

Distraction ou pas, il était hors de question que je mette un pied dans l'école, chaussée de mes pantoufles Shrek ! Cependant, si on retournait à la maison pour chercher mes sandales, j'aurais un sérieux retard. D'autant plus que maman ne semblait pas d'humeur à me ramener une nouvelle fois à l'école en auto… C'est alors que j'ai eu une 2e IDÉE DE GÉNIE !

– Ma petite moumou, prête-moi tes sandales pour la journée ! S'il te plaît !
– Bon, d'accord, Biquette. Tiens !

Ouf, j'étais sauvée ! De plus, il ne s'agissait pas de ses vieilles sandales sport mais de ses belles sandales en jeans, qui ont des talons et des semelles compensées. C'est d'ailleurs moi qui avais insisté pour qu'elle les achète, l'été dernier. Elles sont un peu grandes pour moi, d'accord, mais je n'aurais qu'à marcher lentement. En échange, j'ai passé mes pantoufles à maman. Elle est parvenue à les enfiler en recroquevillant ses orteils, comme la méchante sœur de Cendrillon qui essayait à tout prix d'enfiler la pantoufle de vair.

Marie-Ève n'était pas encore dans la cour. Je suis entrée discrètement dans l'école. Une fois aux toilettes, j'ai sorti le tee-shirt de Lola Falbala de mon sac. Je l'ai secoué et, super, il n'était même pas froissé. Après l'avoir enfilé, j'ai fourré mon chandail rose au fond de mon sac. Ni vu, ni connu. Le miroir au-dessus des lavabos m'a renvoyé mon image. Quelle métamorphose ! On aurait dit qu'une baguette magique m'avait effleurée. Satisfaite, je me suis fait un clin d'œil. Ensuite, je suis retournée dans la cour comme si de rien n'était, même si, en réalité, je faisais ultra-attention de ne pas me tordre les chevilles en descendant l'escalier. Je suis allée rejoindre mes amis sous l'érable.

Catherine Frontenac a constaté :
– Oh, tu as fini par recevoir le tee-shirt de Lola Falbala ? !

Ouvrant des yeux comme des soucoupes, Karim s'est écrié :
– WOW ! J'adore ton nouveau *look,* Alice !
– C'est vrai que tu es hyper cool, comme ça, a déclaré Jade. On dirait que tu as 12-13 ans.
Éléonore m'a demandé d'un air étonné :
– Ta mère te permet de porter *ça* à l'école ?
– Bien sûr, ai-je menti. Aucun problème !
– Tes sandales aussi sont vraiment belles, a déclaré Africa. Tu les as achetées où ?
Bref, cher journal, j'étais la star de cette journée ensoleillée, même si j'ai fait rire ma gang avec l'histoire des pantoufles !

– Oh, je vais prendre une photo ! a dit Karim en sortant son iPod.
– Attends-moi ! lui a demandé Marie-Ève qui arrivait.
Elle a lancé son sac d'école au pied de l'érable et a pris la pose avec nous. Karim a tenu le iPod à bout de bras pour être sur la photo. Ensuite, on l'a regardée sur l'écran. On était bien dessus, sauf Jade. La bouche ouverte, elle avait un air ahuri. Elle s'est esclaffée, et nous aussi. Mais une fois calmée, elle a demandé à Karim d'effacer ce cliché.
Patrick, qui s'était approché de notre attroupement, a dit :
– L'effacer ? Pourquoi ? Moi, j'adore les photos ratées. Ce sont les plus comiques ! J'en fais une collection.
– Toi, peut-être, a rétorqué Jade. Mais moi, avec une tête comme celle-là, je ne tiens pas à faire partie d'aucune

collection. Ni à me retrouver un jour sur Facebook, d'ailleurs ! Il FAUT l'effacer !

C'est ce que Karim a fait au moment où la cloche a sonné.

On a eu une leçon sur le Nunavik. Puis, Cruella est arrivée. Elle m'a dévisagée de la tête aux pieds. Décidément, ma tenue ne passe pas inaperçue. Heureusement, aucun des 26 articles du code de vie de l'école n'interdit aux élèves de porter un tee-shirt de Lola Falbala ! Ni les sandales de leur mère. La prof s'est assise à son bureau, puis a susurré d'un air perfide :

– Alice Aubry, on va voir si tu connais tes verbes irréguliers.

J'ai eu un pincement au cœur. Par chance, mes verbes, je les avais si bien revus avec papa que, pour une fois, je les connaissais. Je n'ai hésité que deux fois. Crucru a bien été obligée de me mettre 9/10. Mais ne va surtout pas croire, cher journal, qu'elle m'ait dit : « Bravo Alice ! Tu as fait de réels progrès en anglais. Continue sur ta lancée ! » Sa seule remarque concernait mon accent. Ça, j'y suis habituée… (soupir). Ça fait cinq ans que madame Fattal me répète que mon accent est nul. Mais elle, elle est nulle en gentillesse.

Ce midi, tandis que mes amis et moi, on se dirigeait vers la cafétéria, Caroline et sa classe en sont sorties. Oh non ! Baissant la tête pour me dissimuler derrière Audrey, j'ai espéré que ma sœur, en grande conversation avec Jimmy, ne me remarquerait pas. Raté ! M'apercevant, elle est restée bouche bée.

– Mais… maman ne voulait pas que tu mettes ton nouveau chandail à l'école ! Et ce matin, c'est pas celui-là que tu portais.

J'ai été bien obligée de lui expliquer la situation. Je lui ai demandé de ne rien raconter à maman.

– Promis juré, a dit Caro en faisant TAP dans ma main.

Haussant les épaules, elle a ajouté :

– De toute façon, Alice, ton tee-shirt de Lola Falbala, il n'y a pas de quoi en faire un drame, quand même !

Elle a tout à fait raison, ma sœur. Je sais que je peux compter sur elle, elle ne dira rien.

Après le dîner, on est sortis dans la cour. Karim a fait une nouvelle photo avec Marie-Ève, Africa et moi. Celle-là était super ! Et comme je portais les sandales à talons de ma mère, j'avais l'air aussi grande que mes deux amies ! Hé, hé !

– Je la voudrais pour mon *scrapbook,* cette photo ! a dit Africa.

– Je vous l'enverrai par courriel à toutes les trois, nous a promis Karim.

Il est vraiment chou !

Cet après-midi, quand la cloche a annoncé la fin des cours, je suis retournée aux toilettes pour changer de tee-shirt avant de rentrer à la maison.

## Vendredi 28 mai

À la récré, Catherine Frontenac a expliqué qu'elle était très déçue. Ça fait presque quatre semaines que, chaque soir, elle applique minutieusement du jus de citron sur ses joues pour tenter de faire pâlir ses taches de rousseur.

– J'abandonne ce truc stupide ! Il ne vaut rien. Regardez, je n'ai jamais eu autant de taches de rousseur de ma vie !

Passant près de nous, Noah, un gars de 6e, a dit :

– Tes taches de rousseur, Cath, ça te donne un charme fou !

Il est reparti en sifflotant, les mains dans les poches.

– Ouais, y a d'l'amour dans l'air ! a lancé Kelly-Ann, une fille de 5e A.

Catherine Frontenac a souri, un peu gênée.

– T'en as de la chance ! a fait Audrey. J'aimerais ça, moi, que le beau Noah me dise que j'ai du charme…

– Tu vois que c'est vrai quand je te répète que tes taches de rousseur te vont vraiment bien ! a déclaré Catherine Provencher à son amie.

– Tu ne me dis pas ça pour me faire plaisir ? Tu trouves ça *vraiment* joli, toi aussi ?

Cher journal, je dois te confier quelque chose dont j'ai été témoin. Quelque chose qui s'est passé si vite que je pourrais presque croire qu'il s'agissait d'un mirage. Au moment où Kelly-Ann s'est écriée « …y a d'l'amour dans l'air ! », Marie-Ève et Simon se sont regardés. Ça n'a duré qu'une fraction de seconde. Car, ensuite, ma meilleure amie a tourné la tête et a fait semblant de s'intéresser à la discussion des autres, sur Noah et les taches de rousseur de Catherine. Marie-Ève a beau éviter Simon depuis plus de trois mois et sembler se désintéresser du fait qu'Éléonore lui tourne autour, serait-elle encore amoureuse de lui en secret ? Je n'ose pas le lui demander directement, car les deux fois où j'ai abordé le sujet, ça l'a énervée. « Mais non, voyons, Alice ! C'est fini depuis longtemps. Oublie ça. » Bref, je vais garder l'œil ouvert...

À la fin du cours de grammaire, Karim a reçu un galet vert. C'était le dernier qui pouvait entrer dans le coffre aux trésors. Africa a levé la main. Avec un sourire embêté et comique à la fois, elle a demandé à monsieur Gauthier :
– Comme privilège, monsieur, on peut avoir une séance de magie ? Oh, s'il vous plaît ! Vous auriez toute la fin de semaine pour la préparer...
– On peut dire que tu as de la suite dans les idées, toi ! lui a répondu notre prof en riant. Mais moi aussi, figure-toi. Je ne compte pas refaire de spectacle de magie en classe.

Devant nos mines déconfites, il a ajouté :
– Soyez confiants, les amis. Je suis sûr que la surprise que je vous réserve pour lundi vous plaira autant qu'un spectacle de magie.

Autant ?! Il a piqué notre curiosité au vif. Je voudrais déjà y être !!!

Cet après-midi, ça a mal tourné. En rentrant de l'école, je suis allée embrasser maman.

– Monsieur Rivet m'a téléphoné ce matin, m'a-t-elle dit d'un ton sec, un peu comme lorsque Cruella s'adresse à moi. Tu dois avoir une idée de la raison de son appel ?

J'ai pris un air étonné mais, en vérité, oui, je me doutais de ce qui n'allait pas…

– Euh, non, ai-je répondu en prenant un air innocent. C'est pour l'inscription en 6e année ? Ou bien il t'a demandé d'être bénévole le soir du spectacle de fin d'année ?

– Il n'est pas question de spectacle, Alice. Ou plutôt si ! Il paraît que tu t'es donnée en spectacle à l'école, hier ! Tu m'as désobéi en portant ton nouveau tee-shirt ultra-court qui te donne un genre vulgaire. Je ne supporte pas qu'on me mente ! Le directeur m'a expliqué que ce type de vêtement n'est pas toléré à l'école. Ça, je m'en doutais. Il m'a d'ailleurs cité un article du code de l'école, le nº 4, je crois, ou le 5, peu importe, dans lequel c'est clairement indiqué. Je lui ai confirmé que j'étais entièrement d'accord avec lui !

Pfff… j'avais complètement oublié cet article du code de vie… Après avoir marmonné de vagues excuses, j'ai filé en douce vers ma chambre.

Maman a ajouté :

– Je pars avec Caroline et Zoé au parc. Ensuite, je passerai prendre une baguette à la boulangerie. Toi, pendant ce temps, je veux que tu ranges ta chambre ! Et notamment tout le bazar qui encombre ton bureau ainsi que le tas de vêtements qui s'accumule sur ta chaise.

J'étais embêtée. Pas embêtée du tout d'avoir porté mon tee-shirt de Lola Falbala à l'école, ça, non. Je n'avais tout de même pas commis un crime ! Mais frustrée de m'être fait prendre alors que j'avais TOUT fait pour que ma mère ne s'aperçoive de rien. Je ne me rappelais pas avoir croisé monsieur Rivet, hier. Et s'il m'avait aperçue, je suis sûre que notre gentil directeur n'aurait rien dit, pour une fois. Ou plutôt, il m'aurait fait une remarque discrète au lieu de téléphoner à ma mère. Quelqu'un avait dû me dénoncer. Je me suis soudain souvenue du drôle d'air avec lequel Cruella me regardait, hier. C'est elle qui avait dû parler de mon tee-shirt à monsieur Rivet ! Elle, qui tient à ce que le règlement de l'école soit appliqué à la lettre, avait sûrement insisté sur le fait qu'il est TOTALEMENT INADMISSIBLE qu'une élève de l'École des Érables ne respecte pas l'article 4 du code de vie. Surtout si cette élève s'appelle Alice Aubry ! La prof d'anglais n'avait tout simplement pas résisté à l'envie de me faire punir !

Papa est rentré du bureau en sifflotant. Il est monté m'embrasser. L'air réjoui, il m'a tendu une feuille. J'ai demandé :
– C'est pour moi ?
– Oui ! a-t-il répondu. J'ai réservé ton vol pour Bruxelles. Voici ton billet d'avion électronique.

J'ai remercié mon père sans toutefois oser manifester trop d'enthousiasme, parce que maman, qui était de retour, se tenait dans l'encadrement de la porte…
– Que se passe-t-il, ma puce ? Tu n'as pas l'air contente ?
– Oh si, mais…

– Mais il se passe que *ta* fille a été punie, Marc ! a déclaré maman. Je ne m'attendais vraiment pas à ce qu'elle reçoive une récompense aujourd'hui. Elle n'en mérite pas.
– Comment voulais-tu que je le sache ? a rétorqué papa. Et d'abord, que s'est-il passé pour que l'ambiance de cette maison soit aussi gelée qu'un glaçon ?
– Alice m'a désobéi ! Elle a emporté en cachette à l'école le chandail qu'elle a gagné en mangeant des céréales. J'ai même eu un appel de monsieur Rivet à ce sujet !

Mon père n'avait pas l'air de trouver qu'il y avait là de quoi piquer une crise, mais pour ne pas contrarier ma mère, il m'a dit :
– Bon, tu ne recommenceras plus, ma puce ?
– Ben non, ai-je répondu en levant les yeux au ciel.

## Samedi 29 mai

Ce matin, je me trouvais sur www.lola-falbala.com quand un courriel est rentré. C'était peut-être oncle Alex ? Non, le message était de Karim. Il m'envoyait la photo prise l'autre jour dans la cour d'école. Elle est vraiment super ! TILT ! C'est elle que je vais coller sur la couverture de mon cahier mauve !

Papa est entré dans le bureau. Je lui ai demandé :
– Pourrais-tu m'imprimer cette photo, s'il te plaît ?
– Avec plaisir, Alice. Je m'en charge. Mais en attendant, voici le journal. On y parle de ta chanteuse préférée en page 7.
– Oh, merci !

L'article *La fulgurante ascension de Lola Falbala* expliquait qu'elle avait vraiment beaucoup de succès, ce qui n'a rien d'étonnant quand on connaît ses chansons. Une photo d'elle la montrait sur une moto. Elle portait un tee-shirt noir décolleté, un mini-short en jeans et des sandales noires à talons vertigineux. Et bien sûr, un tas de bracelets en argent. Cette photo était trop grande pour que je la mette dans mon journal intime. Je l'ai cependant découpée pour la garder. J'allais refermer le journal lorsqu'une image de chien a attiré mon regard sur la page de droite. Un chien avec des yeux tristes, presque implorants. Ça m'a fendu l'âme. J'ai pensé à Grand-Cœur qui me manque tant. Sous la photo, il y avait un message de style pub.

**Devenez famille d'accueil ! La Société canadienne pour la prévention de la cruauté envers les animaux (SPCA) recherche des familles d'accueil pour héberger à court terme chiens, chats, lapins et autres animaux sympathiques jusqu'à ce qu'ils soient placés pour l'adoption. L'hébergement peut durer quelques jours ou plusieurs mois.**

**www.spcamontreal.com**

Je ne voulais pas remplacer Grand-Cœur, ça c'était bien clair. Mais venir en aide à un animal démuni, oui, j'étais prête à le faire. Dans la cuisine, maman préparait des biscuits avec Caro. Je lui ai montré l'annonce de la SPCA.
– C'est bien qu'il existe des organismes comme celui-là pour s'occuper des animaux abandonnés, a-t-elle dit.
– Oui, je trouve aussi ! ai-je approuvé. J'ai pensé que nous, on pourrait peut-être héberger un chat ou un chien en attendant qu'on lui trouve un maître.
– Ou un cochon nain, a ajouté ma sœur.
– Non, les filles. Papa et moi, on n'arrête pas un instant. De plus, mon congé de maternité se termine le 30 août.
– Oh, maman, a imploré ma sœur, au bord des larmes. Imagine un pauvre petit cochon nain maltraité ! Ici, au moins, on pourrait lui offrir de l'amour et de la bonne nourriture. Je m'en occuperais moi-même, je te le promets !

Notre mère s'est montrée inflexible. Elle ne veut plus d'animal à la maison, même pas pour quelques jours. Bon, plus tard, quand je serai adulte, cher journal, personne ne m'empêchera de secourir les bêtes en détresse. Et si elle y tient toujours, Caro pourra l'avoir, son cochon d'appartement !

## Dimanche 30 mai

Comme je n'ai pas d'école, j'en ai profité pour porter mon tee-shirt de Lola Falbala. Je me sens *trop* bien dedans. Vers

11 h 30, je suis descendue à la cuisine. Maman installait Zoé dans sa chaise haute.
– J'ai faim, moumou ! Qu'est-ce qu'on mange ?
– Un plat de lasagnes, Biquette. Je viens de le mettre au four. En attendant, prends un fruit. Comme tu es là, je vais en profiter pour aller aux toilettes. Veux-tu commencer à nourrir Zoé ? Aujourd'hui, elle va goûter ses premiers épinards.

Pauvre Zouzou, comme je la plaignais ! J'ai protesté :
– Tu ne vas tout de même pas lui faire ça ! C'est un pauvre petit bébé sans défense…
– Tu exagères, Alice ! Les épinards, c'est non seulement excellent au goût, mais aussi pour la santé. Ça contient du fer, du magnésium, du potassium, du calcium, de l'acide folique, de la vitamine A et de la vitamine C. Sans compter les fibres !

Voilà ce que c'est que d'avoir une mère diététiste, cher journal… Au moins, nous, ce midi, on échappe aux épinards…

Je me suis assise devant la chaise haute.
– Miam, miam ! ai-je dit à ma petite sœur en essayant de prendre un ton convaincant. Maman t'a préparé de bons épinards bien crémeux !

J'ai approché la cuiller remplie de purée d'un vert douteux. Zoé a ouvert la bouche et j'y ai enfourné les légumes. Elle a d'abord eu l'air étonnée. Ensuite, elle a émis un vrombissement, comme un avion qui s'apprête à décoller. Puis, elle a soufflé la purée d'épinards sur moi !

– Oh non ! me suis-je écriée. Regarde, Zouzou, ce que tu as fait... Mon beau tee-shirt de Lola Falbala est tout sale !

J'étais dégoûtée et furieuse, mais moins contre Zoé que contre maman. Quelle idée elle avait eue de lui préparer des épinards ! C'était évident que notre bébé chéri allait DÉTESTER ça ! Je suis allée constater le dégât dans le miroir de l'entrée. Horreur absolue ! J'ai failli ne pas me reconnaître... Non seulement mon précieux tee-shirt était moucheté de taches vertes, mais c'était aussi le cas de mes cheveux et de mon visage ! J'avais l'air d'une véritable créature d'Halloween !

FRU FRU

Caro est arrivée. Lorsqu'elle m'a vue dans cet état, elle a éclaté de rire. Ravie, Zouzou s'est mise à faire des petites bulles vertes avec sa salive aux épinards.

– YÉ, YÉ, YÉ ! a-t-elle gazouillé, tout excitée.

Maman, qui descendait l'escalier, a lancé d'un ton joyeux :

– Quelle bonne humeur ! On dirait que ma purée a un franc succès !

– Un *succès* ?! lui ai-je répondu. Tu veux rire ! C'est plutôt un véritable désastre ! Ton idée de lui donner des épinards, c'était vraiment pas brillant !

Devant ma mine déconfite et ma « tenue de camouflage », ma mère a compris. Fronçant les sourcils, elle a pris un air sévère :

– Zoé Aubry, on ne peut pas cracher ! Non, non, non. Ce n'est pas bien ! Et toi, Caroline, je t'en prie, ne ris pas devant ta petite sœur quand elle fait des bêtises ! Sinon, elle va recommencer.

S'adressant à moi, maman a déclaré :
– Va prendre une douche, Biquette.
– Et mon tee-shirt ? lui ai-je demandé. Tu peux le laver tout de suite ?
– Tout de suite, certainement pas. Je dois d'abord m'occuper de Zoé. Ensuite, on va se mettre à table. Cet après-midi, je veux bien essayer de le nettoyer, mais je ne te garantis rien. Ce genre de tache est très tenace…
– Comment ?! me suis-je écriée, hors de moi. Mais il faut que **tout** parte ! C'est mon tee-shirt préféré !
J'étais HYPER FRUSTRÉE juste à penser que le tee-shirt de Lola Falbala était peut-être fichu. Il faut dire que maman n'est pas très douée pour faire disparaître les taches. Sous la douche, pendant que je ruminais ma malchance, j'ai eu une idée. J'allais demander conseil à madame Baldini. Elle avait déjà réparé mon tee-shirt. Peut-être pourrait-elle le sauver, cette fois encore ?

À propos, ce midi, cher journal, on a bel et bien échappé aux épinards ! Mais pas au tofu… Parce que la lasagne de maman était végétarienne. Bon, il faut avouer qu'elle était délicieuse. J'en ai même repris. Après le dîner, je suis allée sonner chez madame Baldini. C'est son mari qui m'a ouvert.
– Bonjour Alice ! Entre. Rosa se trouve au jardin.
Je lui ai montré le dégât. Prenant un air catastrophé, elle s'est exclamée :
– *Mamma mia !* Décidément, le sort s'acharne sur ton chandail argenté. Que lui est-il arrivé, cette fois ?

– C'est Zoé, ai-je répondu. Elle non plus n'aime pas les épinards. Elle a tout recraché. Et voilà le résultat !
– Comme c'est dommage, a soupiré madame Baldini en examinant le tissu taché.

Rosa Baldini

Ce que j'aime avec elle, c'est qu'elle prend les problèmes des enfants aussi au sérieux que ceux des adultes.
– Maman a dit qu'elle n'est pas sûre d'arriver à nettoyer ça. Et vous, madame Baldini, pensez-vous qu'il y a une chance de sauver mon tee-shirt ?
– *Si, si.* Tu as bien fait de me l'apporter. J'utilise un détachant italien très efficace contre les taches de fruits et de légumes.
Bref, cher journal, mon tee-shirt est entre de bonnes mains. Pourvu que le produit italien fonctionne !

20 h 30. En préparant mon sac d'école, ce soir, j'ai repensé au mystérieux privilège qui nous attend demain.

## Lundi 31 mai

Ce matin, c'est d'ailleurs la première chose que Jonathan a demandé à notre enseignant :
– C'est quoi, notre privilège, m'sieur ?
– Vous le saurez un plus tard.
– On veut bien être patients mais, tout de même, notre patience a des limites, a soupiré Catherine Provencher. Déjà qu'on a dû attendre toute la fin de semaine !

– C'est vrai que c'est long, a reconnu monsieur Gauthier. Pour faire passer le temps plus vite, on va immédiatement se mettre au travail. Prenez votre livre de lecture, s'il vous plaît.

À cet instant, une odeur nauséabonde a saisi mes narines. Ah non, Patrick n'allait pas se mettre à péter ! ! !

– Je peux aller à la toilette ? a-t-il demandé au prof.

– Bien sûr, mais la prochaine fois, essaie de t'y rendre avant d'entrer en classe. Bon, tout le monde a son livre ?

Patrick est sorti. Notre prof, qui se trouvait à côté de mon pupitre, m'a pris le livre des mains. Il l'a feuilleté avant de déclarer :

– Page 132, les amis.

Il m'a redonné mon bouquin. J'ai écarquillé les yeux. Puis, je les ai clignés à deux ou trois reprises.

– Euh… il n'y a rien sur cette page et la suivante, monsieur.

– Comment ça, rien ?

– Regardez, il n'y a pas de texte !

L'air perplexe, monsieur Gauthier y a jeté un coup d'œil.

– Écoute, je ne vois pas de quoi tu parles, Alice, a-t-il dit. Simon, veux-tu commencer à nous lire *Perdus dans le labyrinthe,* s'il te plaît ?

J'ai eu beau examiner la double page, elle était tout à fait normale, à présent. À gauche, il y avait le texte de l'histoire et à droite, l'image d'une fille et d'un gars à l'air inquiet, qui semblaient chercher leur chemin dans l'obscurité à l'aide d'une lampe de poche. Pourtant, quelques instants plus tôt, j'aurais juré que ces pages étaient blanches. Peut-être que le soleil qui entrait à flots par la fenêtre avait ébloui mes rétines ?

Plus tard, la cloche de la récré a sonné. Éléonore m'a demandé :
– Qu'est-ce que tu racontais tout à l'heure à monsieur Gauthier ?
– Je lui disais que le texte de lecture n'était pas imprimé dans mon livre.
– Tu voulais lui faire une blague, ou quoi ?
– Non, pas du tout ! Les pages 132 et 133 *étaient* blanches. J'ai d'abord pensé qu'il s'agissait d'un défaut du livre… qu'ils avaient oublié d'imprimer ces deux pages. Mais l'instant d'après, le texte est apparu comme par magie !
– Allez, on sort de classe et on descend dans la cour ! a lancé notre enseignant.

– Tu as parlé de magie ? a dit Africa en me rejoignant dans le couloir. Tu crois que le prof t'a fait un tour de magie ?

Eduardo lui a signalé :
– Tu sais bien qu'il refuse de faire deux fois le même privilège. Et ce n'est pas seulement Alice qu'il veut récompenser, mais nous tous. Moi, je pense qu'Alice a tout simplement besoin de lunettes.

J'ai levé les yeux au ciel.
– Imagine ce que tu veux ! ai-je répliqué. Moi, je sais ce que j'ai vu. Ou, plutôt, ce que je n'ai pas vu.

– Tu étais peut-être encore une fois dans la lune ? a suggéré Audrey.
– Je suis distraite, je le sais bien, mais je ne suis pas folle !
Non, mais…

Après la récré, c'était une période de sciences de la nature. Jonathan gigotait tellement qu'il a fait tomber sa boîte à lunch, dont le contenu s'est répandu à terre. Il a ramassé son sandwich, heureusement bien emballé, et son pot de yogourt cabossé. Monsieur Gauthier lui a tendu sa cuillère.
– Hey, mais elle est tout croche ! s'est écrié notre Joey national. Oh ! Et maintenant, elle est redressée !
À côté de lui, Jade était bouche bée.
– Moi aussi, je l'ai vue ! ! ! s'est-elle exclamée, surexcitée. Elle était tordue, la cuillère ! Et maintenant, elle est redevenue normale.
Monsieur Gauthier n'avait pas l'air de saisir de quoi ces deux-là parlaient. Mais nous, on s'est regardés. Décidément, il se passait des choses bizarres… Le prof nous avait-il ensorcelés ? Et maintenant, qu'allait-il arriver ? Eh bien rien, finalement. On a eu une leçon tout à fait normale sur les oiseaux migrateurs. Mais je t'avoue, cher journal, qu'avec les deux événements étranges de ce matin, j'avais de la misère à me concentrer sur le périple des oies blanches vers le Grand Nord.

Monsieur Gauthier nous a demandé de prendre notre cahier d'exercices de sciences de la nature. Puis, il s'est mis à tousser.

– Excusez-moi, j'ai un chat dans la gorge, a-t-il déclaré d'une voix enrouée, avant d'être pris d'une autre quinte de toux.

Oh non, pourvu qu'il ne commence pas un rhume ! Car lorsque notre enseignant tombe malade, il perd vite patience… Une idée a germé dans ma boîte crânienne. Il devrait prendre de l'échinacée ! Voilà la solution ! ! ! C'est toujours ce que maman me donne en cas de mal de gorge. Pendant que je réfléchissais à tout ça, monsieur Gauthier a ouvert la bouche toute grande… et des cartes en sont sorties ! HEIN ? ! C'était tellement inattendu que, pour la deuxième fois de la matinée, j'ai frotté mes yeux. J'avais des hallucinations, ou quoi ? C'était peut-être les effets de la mousse aux fraises d'hier soir, dans laquelle maman avait certainement glissé du tofu ? Mais non, le prof, tout sourire, a brandi le roi de cœur, la reine de trèfle, le roi de pique et la reine de carreau !

Une véritable clameur a retenti dans la classe :

– YÉÉÉÉÉÉ ! ! !

Cette fois, on avait compris qu'on n'était pas dingues. Donc, Africa avait raison, tout à l'heure. Avec le livre de lecture, c'était bien un tour de magie que m'avait fait monsieur Gauthier ! Mais comment avait-il pu agir sur ma VUE ? !

– Oh, monsieur, même si c'est pas un spectacle de magie, vous nous faites quand même des tours ! s'est exclamé Jonathan. Des tours surprises, c'est tellement *hot* ! Encore mieux qu'un spectacle !

– Tu veux dire que c'est répugnant ! a rétorqué Éléonore. Des cartes pleines de salive... Beurk ! Ça me lève le cœur !
– Tu as raison, c'est vraiment dégueu, a répondu Audrey en faisant elle aussi une moue dégoûtée.

J'ai trouvé que les remarques de Miss Parfaite et de sa voisine n'étaient pas gentilles pour monsieur Gauthier. Il ne mérite pas ça, lui qui se donne tant de peine pour nous faire plaisir. Par chance, je crois qu'il n'a pas entendu les critiques des « super dédaigneuses ». Il semblait content de son coup et du succès qu'il avait remporté auprès d'une grande partie de la classe. Dont moi, bien sûr. Car, du moment que je ne devais pas toucher ces cartes, j'étais émerveillée.

Je suis obligée de faire une pause ici, cher journal, car papa nous appelle à table. À tout à l'heure !

19 h 47. Pour ne pas être interrompue 36 000 fois dans mon récit, j'ai pris ma douche après le souper, et je viens d'étudier ma leçon de grammaire. Me revoici. Où en étais-je ? Ah oui. Marie-Ève a demandé à monsieur Gauthier s'il allait nous faire d'autres tours.
– Oui, oui, on a hâte d'en voir d'autres ! a décrété Karim. C'est quand le prochain ?
– Un peu plus tard. Maintenant, s'il vous plaît, ouvrez votre cahier d'exercices à la page 78. Pour demain, je voudrais que vous répondiez aux devinettes sur les oiseaux migrateurs. En attendant, j'aurais besoin d'un ou d'une volontaire pour...

– Moi ! s'est écriée Catherine Provencher.
– D'accord. J'aimerais que tu te concentres sur un mot de cette page.

Catherine Provencher a demandé :
– N'importe lequel ?
– Oui.
– Et je ne dois pas le dire ?
– Non, tu le gardes pour toi.

J'ai regardé la page de mon cahier d'exercices. Elle était couverte de dizaines de mots.

– Voilà, c'est fait ! a dit Catherine. J'ai un mot en tête.

Monsieur Gauthier a fermé les yeux et a paru se concentrer. Ensuite, il s'est tourné vers le tableau et y a écrit :

*nourriture*

– C'est ça ! a dit Catherine Provencher. Vous êtes vraiment fort, monsieur. Vous arrivez à lire dans nos pensées !

À côté de moi, Patrick a grommelé :
– Pas difficile à deviner. Catherine a toujours bon appétit.

Prenant la défense de notre magicien, j'ai rétorqué :
– Premièrement, il n'avait aucune idée de qui se proposerait comme volontaire. Et deuxièmement, il ne regardait même pas le cahier. Comment aurait-il pu savoir que le mot nourriture se trouvait sur cette page ?

À cet instant, la cloche a sonné.
– Parlant de nourriture, moi, j'ai une faim de loup ! a annoncé le prof. Descendons à la cafétéria.

Bohumil lui a demandé :
– Notre privilège se poursuivra cet après-midi ?
– Vous verrez bien, a répondu notre enseignant.

Son sourire et ses yeux qui pétillaient de plaisir nous ont cependant fourni la réponse qu'on attendait. C'était oui. COOOOL ! ! !

La nouvelle s'était répandue dans l'école comme une traînée de poudre. Même ma sœur était au courant ! J'ai dû lui raconter, à elle et à ses amis, les tours auxquels on avait assisté. Ils n'en revenaient pas. Nous non plus d'ailleurs. Il a fallu recommencer nos explications avec les élèves de 5e A qui nous avaient entendus nous agiter depuis la classe voisine.
– J'aimerais avoir monsieur Gauthier l'an prochain ! a lancé Magali, l'amie de Gigi Foster. Ce serait bien qu'il passe en 6e, lui aussi.
– Si jamais c'est le cas, nous, on veut absolument le garder comme enseignant ! a signalé Marie-Ève.

Cet après-midi, on s'est précipités en classe.
– Quand allez-vous faire le prochain tour ? a demandé Éléonore. (Elle semblait avoir oublié celui des cartes qui l'avait dégoûtée.)

Avant que le prof n'ait eu le temps de répondre, Patrick s'est planté devant lui. Il a déclaré :
– Je vous lance un défi. Si vous n'êtes pas capable de faire un tour *maintenant,* c'est que vous n'êtes pas un vrai magicien.

GRRR...

Oh, ce Patrick! Il risquait de tout gâcher! Monsieur Gauthier n'a rien répondu. Il devait se sentir coincé, le pauvre. J'avais de la peine pour lui. Il a plongé sa main dans son sac et en a sorti une fourchette. (???) Il s'est mis à la frotter doucement avec les doigts de sa main gauche. La fourchette a commencé à se tordre vers le bas, exactement comme si elle fondait. Bondissant de sa chaise (et la renversant une fois de plus dans un grand fracas), Jonathan s'est écrié:

– C'est ça qui s'est passé tout à l'heure avec ma cuillère!

Incrédule, j'ai contemplé la fourchette qui «coulait», alors que son manche, lui, se trouvait toujours à l'horizontale, dans la main de notre enseignant. À cet instant, la fourchette s'est redressée. Après l'avoir posée sur son bureau, notre prof a relevé la tête.

– Bon, les amis, il est temps de passer, non pas à un autre tour de magie, mais à la poésie. Aujourd'hui, je vais vous faire découvrir un magnifique poème de Gilles Vigneault.

Nous, on s'est tous regardés, car on venait s'assister à un tour incroyable!

– Tu vois bien que monsieur Gauthier est un véritable magicien! a lancé Karim à Patrick.

Le prof nous a lu *J'ai pour toi un lac.* Après nous avoir distribué le poème à coller dans notre cahier de poésie, il nous a demandé:

– Venez tous autour de moi.

On ne s'est pas fait prier ! Il a sorti une pièce d'un dollar de la poche de son jeans.

– Je le connais, ce truc ! s'est écriée Gigi Foster. Mon grand-père le fait ! La pièce va disparaître. Ensuite, elle va réapparaître derrière l'oreille de quelqu'un.

– Tu vas voir, a répondu notre enseignant en lui donnant la pièce. Tiens-la dans ta main.

Sortant une 2e pièce de monnaie, il nous l'a montrée. Il s'agissait d'un 2 $, cette fois. Il a refermé sa grande main sur elle.

Eduardo a conseillé à Gigi Foster :

– Tiens bien la pièce !

Puis, s'adressant à monsieur Gauthier.

– Vous êtes trop près de Gigi. Pouvez-vous vous éloigner ?

Il a reculé de trois pas. Il a demandé à Gigi Foster d'étendre son bras, pour que tout le monde voie bien. Impressionnée, elle a présenté son bras à l'horizontale avec son poing fermé, comme pour une prise de sang.

– Je peux tenir la main de Gigi ? a demandé Catherine Frontenac.

– Si tu veux, a répondu le prof.

Il a prononcé :

– Abracadabra, permuti, permuta, échangi, échangea, abracadabraaa… Et voilà, Gigi, tu peux ouvrir ta main.

– Ooooh ! s'est écriée Africa. C'est incroyable !!!

– J'veux voir, j'veux voir ! a crié Jonathan.

– Mais arrête de pousser ! a protesté Audrey. Arrêêête !

Gigi Foster tenait maintenant la pièce de 2 $ ! À son tour, monsieur Gauthier a ouvert sa main. La pièce de 1 $ s'y trouvait !

– C'est quoi, votre truc pour faire voyager les pièces d'une personne à l'autre ? lui a demandé Simon.
– Tu ne crois tout de même pas, mon cher, que je vais te le révéler ? C'est ça la magie !
– Vous n'avez pas votre baguette magique, aujourd'hui, a constaté Patrick. Elle ne sert à rien, alors ? C'est juste pour faire semblant ?
Bohumil lui a lancé :
– Toi et tes remarques stupides... Vas-tu la fermer, à la fin !
– Ferme-la toi-même, Topo ! (Topo, c'est comme ça qu'il appelle Bohumil Topolanek.)
– Les garçons, on reste polis s'il vous plaît, a demandé monsieur Gauthier.
– Je ne sais pas comment ça s'est fait, a commenté Gigi Foster, encore éberluée. La pièce de 1 $, je la serrais pourtant très fort.
– As-tu senti quelque chose ? lui a demandé Catherine Frontenac.
– Non.
– Tu es sûre, rien du tout ?
– Ben non !
Gigi Foster a rendu la pièce de 2 $ à monsieur Gauthier.

– C'est à mon tour ! a décrété Eduardo. Je voudrais essayer.

– Moi aussi, moi aussi ! ! ! s'est-on tous exclamés.

Notre enseignant nous a demandé :

– On se calme un peu, les amis. Je ne voudrais pas déranger la classe de madame Robinson.

Consultant sa montre, il a ajouté :

– Il nous reste du temps pour faire un jogging mathématique.

Au moment où la cloche de la fin de la journée a retenti, je n'ai pu m'empêcher de dire :

– Oh, monsieur, on pensait que vous nous feriez encore un tour…

– Alleeez, s'il vous plaît ! a supplié Audrey.

– La cloche a sonné, les amis. Vous l'avez entendue comme moi.

– Juste un petit tour de rien du tout, a demandé Karim.

– Pour terminer en beauté notre journée magique ! a ajouté Marie-Ève.

Monsieur Gauthier a dit :

– Bon, laissez-moi réfléchir un instant.

Il a fermé ses yeux et s'est tourné vers le tableau. Nous, on attendait debout à côté de nos pupitres. On était bien déterminés à ne pas quitter la classe avant un dernier tour.

– Regardez ! a soufflé Jade.

Regarder quoi ? Notre enseignant nous tournait toujours le dos. Hein… je n'avais pas la berlue ! IL S'ÉLEVAIT DANS LES AIRS ! Oui, cher journal, je te le jure ! Lentement, il s'approchait du plafond. On était pétrifiés.

– Attention, vous allez vous cogner la tête ! a crié Jade.

Jonathan a voulu s'élancer, mais Simon l'a retenu.

Faisant toujours face au tableau, monsieur Gauthier restait silencieux. Nous, on retenait notre souffle. Soudain, il est redescendu et s'est tourné vers nous.

– Bon, préparez vos sacs, la journée est finie, a-t-il déclaré comme si de rien n'était. Et n'oubliez pas votre devoir de sciences de la nature pour demain.

Nous, on était sans voix.

Rompant le silence, Éléonore s'est exclamée :

– Eh bien, vous, on peut dire que vous avez plus d'un tour dans votre sac !

– Vous faites comme Criss Angel ! a lancé Eduardo.

Catherine Provencher a renchéri :

– Et vous êtes aussi bon que Luc Langevin !

– Quel beau compliment, a répondu monsieur Gauthier. J'aimerais bien être aussi doué que lui. Mais je ne suis qu'un amateur.

– Un amateur ?! s'est écriée Africa avec fougue. Vous êtes trop modeste, monsieur ! Vous aussi vous pourriez avoir votre émission à la télé. Ou être engagé au Cirque du Soleil.

– Vous êtes un professionnel qui s'ignore, a conclu Bohumil. Enfin, peu importe que vous soyez un amateur ou non, on a adoré notre privilège. Et vous savez quoi ? Pour nous, les 5e B, le privilège nº1, c'est de vous avoir comme prof. Merci !

On s'est mis à crier des « merci », on a tapé des pieds et on a applaudi à tout rompre.

Moi, si j'avais eu une baguette magique, je l'aurais brandie vers le tee-shirt de monsieur Gauthier. J'aurais transformé l'inscription 100 % COOL ! en 100 % MAGICIEN ! Lorsqu'on est sortis de la classe, Kelly-Ann s'est précipitée vers son amie Africa.
– Que s'est-il passé ? Vous avez eu droit à de nouveaux tours ?
– Oui, a répondu Africa. Encore quatre tours incroyables ! C'était la plus belle journée d'école de ma vie !

Maintenant que j'y pense, quelle chance que Cruella n'ait pas débarqué en classe, aujourd'hui, pendant un tour de magie ! Sinon, comme d'habitude, elle aurait critiqué vertement les méthodes de monsieur Gauthier. Elle aurait couru se plaindre chez le directeur du fait que son jeune collègue passe son temps à nous amuser plutôt qu'à nous enseigner. Sauf que nous, on sait que, même si aujourd'hui on a bénéficié d'un privilège exceptionnel, on a aussi travaillé très fort. Bon, il est 22 h 30 et je suis morte de fatigue. En plus, j'ai mal au poignet (pour de vrai, cette fois-ci...). Mais je suis heureuse d'avoir réussi à tout te raconter ce soir, cher journal. Car je ne voulais pas risquer d'oublier le moindre détail de cette journée. Elle était parfaite... ou presque. C'est vrai que Grand-Cœur me manque encore beaucoup. Comme j'arrive bientôt à la fin de mon cahier mauve, j'ai décidé de le dédier à mon chat bien-aimé.

Avec toi, Grand-Cœur, c'était le bonheur !
Quand tu es parti, ça m'a fait un méga-trou
au cœur
Mais, depuis quelques jours
Chaque fois que je pense à toi
Mon cœur se gonfle d'amour.

Mon doux pacha de chat
Jamais je ne t'oublierai
Ça, je te le promets !
Comme madame Baldini me l'a dit :
Tu feras toujours partie de ma vie.

Si j'étais magicienne
Une vraie de vraie, comme dans les contes
D'un simple coup de baguette
Je te ramènerais à la vie
Malheureusement, c'est impossible...
Mais au moins, pour des dizaines d'années
encore
Tu vis dans mes souvenirs
Chaque soir, je m'endors en songeant à toi
En rêvant que tu es dans mes bras.

## Mardi 1er juin

Bon mois de juin, cher journal ! Encore une autre super journée ! Non seulement parce qu'il fait si beau qu'on se croirait déjà en été, ce qui me fait penser aux vacances qui approchent. Mais aussi pour d'autres raisons :

1 ~ Le petit sac rouge en a décidé ainsi : c'est maintenant à Gigi Foster de s'asseoir à côté de Patrick. Et moi, devine avec qui je me retrouve ? KARIM ! Cool !

2 ~ Je n'ai pas relevé d'autres indices entre Marie-Ève et Simon. Dommage ! J'ai dû rêver. Par contre, à la récré, j'ai vu Catherine Frontenac et le grand Noah Robitaille discuter dans un coin de la cour, puis rire tous les deux. En remontant en classe, Catherine avait des étincelles plein les yeux. Ça ne trompe pas. J'étais contente pour eux. J'AIME ÇA, L'AMOUR !

3 ~ Peu après le retour de l'école, j'étais à l'ordi, en train de lire le blogue de ma chanteuse préférée lorsqu'on a sonné à la porte. Maman m'a appelée :
– Alice ! C'est madame Baldini qui te rapporte ton tee-shirt de Louna Patatras.

(Louna Patatras ?!!! Non mais, elle va les chercher où, ma mère, ces noms-là ?!)

J'ai accouru dans l'entrée.

– Bonjour Alice, a dit notre voisine en me tendant mon chandail bien plié. Mission accomplie !

En effet, on ne distingue PLUS LA MOINDRE TRACE D'ÉPINARDS sur mon tee-shirt de Lola Falbala (et non Louna Patatras !). Il est comme neuf et sent délicieusement frais. Quelle chance ! J'ai sauté au cou de Rosa Baldini.

– Merci ! Je suis tellement contente !

– Ça me fait toujours plaisir de te rendre service. À propos, j'ai lu sur l'étiquette qu'il ne faut pas mettre ton chandail à la sécheuse, vu qu'il s'agit de fibres synthétiques.

– D'accord, a dit maman. On y fera attention. Un grand merci, madame Baldini.

De retour dans ma chambre, j'ai enfilé mon beau tee-shirt argenté. Oups ! Quand je suis descendue pour le souper et que j'ai vu maman servir du spaghetti, un signal **DANGER** s'est mis à clignoter dans mon cerveau. Bien décidée à déjouer la prédiction « jamais deux sans trois », je suis vite remontée me changer. En effet, pas question de risquer de faire des taches de sauce tomate sur mon tee-shirt ! Il a déjà assez souffert comme ça.

4-ONCLE ALEX VA BIEN. Papa, Caro et moi, on lui a parlé sur Skype, ce soir. Il a toujours la tête rasée et est tout bronzé. Ses collègues sont super et leur reportage est passionnant à réaliser. Il a déjà pris beaucoup de photos.

Bon, quel cahier vais-je choisir pour la suite de mon journal intime ? Dans le tiroir de mon bureau, j'ai retrouvé les cahiers rose et vert qui sont déjà remplis, mais pas les cahiers orange, bleu, rouge et jaune qui sont encore neufs. Ah, non, ça ne va pas recommencer ! Où ai-je bien pu les mettre ?

20 h 03. J'ai fini par les retrouver dans ma garde-robe, sous mes chandails d'hiver… Fiouuu ! Que veux-tu, cher journal, lorsqu'on est distraite, c'est pour la vie… Pour compenser, il faut être or – ga – ni – sée. Bien décidée à réagir, j'ai trouvé la solution pour ne plus jamais égarer mes cahiers. J'ai rangé le bazar qui traînait depuis des siècles dans ma table de chevet. (C'est ma mère qui sera contente de voir ça !) Après avoir soigneusement ôté la poussière (si moumou était à mes côtés, elle n'en reviendrait carrément pas et poserait sa main sur mon front pour vérifier si je ne suis pas brûlante de fièvre !), j'y ai rangé mes cahiers, debout, comme dans une mini-bibliothèque. Toutes ces couleurs vives, c'est trop beau ! Ça plairait assurément à monsieur Gauthier. Dans cinq minutes, mon cahier mauve rejoindra la collection. Mais d'abord, je vais y coller la photo prise par Karim sous l'érable.

Rendez-vous dans le tome 4, cher journal !

**Catalogage avant publication de**
**Bibliothèque et Archives nationales du Québec**
**et Bibliothèque et Archives Canada**

Louis, Sylvie
Le journal d'Alice
(Grand roman)
Pour les jeunes de 9 ans et plus.
Sommaire : t. 3. Confidences sous l'érable.

ISBN 978-2-89512-989-9 (v. 3)

I. Battuz, Christine. II. Titre. III. Titre : Confidences sous l'érable.

PS8623.O887J68 2010 jC843'.6 C2009-941002-8
PS9623.O887J68 2010


Dépôts légaux : 1er trimestre 2011
Bibliothèque et Archives nationales du Québec
Bibliothèque nationale du Canada
Bibliothèque nationale de France

Imprimé au Canada
10 9 8 7 6 5 4 3 2 1

Direction littéraire et artistique : Agnès Huguet
Révision et correction : Danielle Patenaude

**Dominique et compagnie**
300, rue Arran
Saint-Lambert (Québec)
J4R 1K5 Canada
Téléphone : 514 875-0327
Télécopieur : 450 672-5448
dominiqueetcie@editionsheritage.com
**dominiqueetcompagnie.com**

Nous remercions le Conseil des Arts du Canada de l'aide accordée à notre programme de publication. Nous reconnaissons l'aide financière du gouvernement du Canada par l'entremise du Programme d'aide au développement de l'industrie de l'édition (PADIÉ) pour nos activités d'édition.

Nous reconnaissons l'aide financière du gouvernement du Québec par l'entremise du Programme de crédit d'impôt pour l'édition de livres – SODEC – et du Programme d'aide aux entreprises du livre et de l'édition spécialisée.

**Remerciements**
Un tout grand merci au magicien Marc Trudel qui a aidé monsieur Gauthier à préparer la journée magique du 31 mai, pour la plus grande joie de ses élèves.

---

Achevé d'imprimer en décembre 2010 sur les presses de Payette & Simms à Saint-Lambert (Québec)